作家榜®经典名著

读经典名著，认准作家榜

本书根据
1953年哈珀柯林斯出版集团版翻译

草原上的小木屋

LITTLE HOUSE ON THE PRAIRIE

［美］劳拉·英格尔斯·怀尔德 著

金雯 译

浙江文艺出版社
Zhejiang Literature & Art Publishing House

Chapter 01
西进　001

Chapter 02
过河　012

Chapter 03
在高高的草原上露营　022

Chapter 04
草原时光　030

Chapter 05
草原上的小屋　042

Chapter 06
搬进小屋　055

Chapter 07
狼群　063

Chapter 08
两扇结实的门　075

Chapter 09
壁炉里的火　082

Chapter 10
屋顶和地板　091

CHAPTER 11
　　印第安人造访　100

CHAPTER 12
　　新鲜的饮用水　110

CHAPTER 13
　　得克萨斯长角牛　122

CHAPTER 14
　　印第安人的营地　129

CHAPTER 15
　　冷热病　137

CHAPTER 16
　　烟囱里的火　148

CHAPTER 17
　　爸爸去镇上　156

CHAPTER 18
　　高大的印第安人　167

CHAPTER 19
　　爱德华兹先生遇见圣诞老人　177

CHAPTER 20
夜晚的尖叫 187

CHAPTER 21
印第安人的庆典 194

CHAPTER 22
草原大火 201

CHAPTER 23
印第安人的战斗呐喊 212

CHAPTER 24
印第安人骑马离开 222

CHAPTER 25
士兵 230

CHAPTER 26
出发 237

劳拉·英格尔斯·怀尔德年表 250

译后记 258

CHAPTER 01

西进

很久很久以前，所有的爷爷奶奶都还是小男孩、小女孩，或者还是婴儿，甚至还没出生，那时候，爸爸、妈妈、玛丽、劳拉和襁褓中的凯丽离开了他们在威斯康星大树林①中的小木屋。他们乘车向远处驶去，只剩下那座小木屋孤零零、空荡荡地立在林间空地上。他们从此再也没有见过这座小木屋。

---

① 大树林：英语原文为"Big Woods"，特指威斯康星西部和明尼苏达中南部的温带硬木树林。这个英语名称是法国冒险者对这片地貌所取名字的直译。

他们要去的地方是印第安地区①。

爸爸说大树林里的人太多了。劳拉经常听到斧头发出的哐哐声，但不是爸爸的斧头；也经常听到枪声，但也不是爸爸的枪。从小木屋旁经过的小径已经变成一条大路。几乎每天劳拉和玛丽玩耍的时候都会停下来，惊讶地目送一辆马车慢慢地从路上吱吱呀呀碾过。

野生动物都不愿意待在人太多的土地上。爸爸也不愿意。他喜欢去野生动物可以自由生活不用害怕的地方。他想看到小鹿和鹿妈妈们从阴暗的树林里望着他，还有肥胖懒散的熊在野莓地里咀嚼野莓。

冬天的黑夜很漫长，他就和妈妈讨论西部地界。在西部，土地平坦，没有大树，青草长得繁茂高大。那里，野生动物在草场上徜徉捕食，草场向外扩展，一直延伸到看不见的地方。那里也没有移居民，只有印第安人。

在冬季临近结束的一天，爸爸对妈妈说："我看你并不反对，就决定去西部看看。这个小屋已经有人开价要买了。现在卖掉它，我们能拿到一辈子都攒不到的钱，足够让我们在新地方立足了。"

"啊，查尔斯，我们一定要现在就走吗？"妈妈说。天气太冷了，而舒适的木屋里这么惬意。

"假如我们要今年走的话，就必须马上出发，"爸爸说，"等冰雪融化，我们就过不了密西西比河了。"

---

① 美国政府强制安置美洲原住民的自治地区。1790年至1834年间，国会通过六项法规（统称为《不来往法案》）划定了印第安保留地的边界。19世纪下半叶，随着西部各地建州，印第安地区不断缩小，最终只留下少量保留地。

就这样，爸爸卖掉了小木屋，卖掉了奶牛和小牛。他用山核桃木做成马车顶篷的龙骨，紧紧固定在马车的车身上。妈妈帮着他把白色帆布裹在龙骨上。

清晨，天蒙蒙亮的时候，妈妈轻轻将玛丽和劳拉推醒，借着炉火和烛火的光给她们洗漱梳头，给她们穿上暖和的衣服。红色法兰绒内衣外是羊毛衬裙、羊毛上衣，还有羊毛长袜。妈妈再给她们套上大衣，戴上兔皮帽和红色毛线手套。

小木屋里的所有东西都放在大篷车上了，除了床和桌椅。他们不需要带这些，因为爸爸总是可以做新的。

地上有薄薄的一层雪。外面没有风，又暗又冷。光秃秃的树木上挂着结霜的星星。东方的天空曙色初露，灰色的树林里走出来一些挂着提灯的马车和马匹，上面坐着爷爷奶奶、伯伯姑姑和堂兄弟姐妹们。

玛丽和劳拉紧紧握着手里的布娃娃，一句话也不说。堂兄弟姐妹们站在四周看着她们。奶奶和所有的姑姑都一遍遍地拥抱、亲吻她们，跟她们告别。

爸爸把他的枪挂在马车顶篷的龙骨上——他在车座上很快就能够到的地方。他把子弹囊和装火药的牛角放在枪的下方，又把小提琴盒小心地放在枕头之间，这样车马的震动就不会损坏小提琴。

伯伯们帮爸爸把马儿套到马车上。所有的堂兄弟姐妹都听话地来亲吻玛丽和劳拉。爸爸举起玛丽，然后又举起劳拉，把她们放在马车后方的床上。他帮妈妈爬上马车车座，奶奶向上托起襁褓里的凯丽递给妈妈。爸爸翻身上车坐到妈妈身边，长着斑点的斗牛犬杰克跑到了马车下面。

他们就这样从小木屋离开了。小木屋的窗户都合上了百叶，所以看不到他们走。它就待在原地，四周是木头栅篱，前面有两棵高大的橡树。夏天的时候橡树枝叶繁茂，就像屋顶一样保护在下边玩耍的玛丽和劳拉。他们从此再也没见过这座小木屋。

爸爸对劳拉保证说，他们到了西部，她就能见到一个帕普斯。

"帕普斯是什么？"她问爸爸。爸爸回答说："帕普斯就是一个小小的、棕色的印第安宝宝。"

他们驾着车在积雪的树林里走了很长一段路，来到了培平镇。玛丽和劳拉以前见过一次这个小镇，不过现在小镇看上去非常不同。商店的门和所有屋子的门都紧闭着，树桩上盖着厚厚的雪，没有小孩子在屋子外面玩耍。树桩之间是一堆堆很高的木材。只看到两三个穿着靴子和亮色格子呢外衣，戴着皮毛帽子的男人。

妈妈、劳拉和玛丽在马车里吃面包和黑糖，马儿吃着饲料袋里的玉米棒，爸爸到店里去把皮毛卖掉换成他们旅途上需要的东西。他们在小镇里不能待太长时间，因为必须赶在当天过河。

河面很宽广，已经结冰了，白色的冰面平整光滑，一直延伸到灰色的天际。上面滚过许多马车车轮印，伸向远方，一眼望不到它们在哪里结束。

爸爸驾着马车上了冰面，沿着上面的车轮印向前。马蹄在冰面上发出喑哑的嘚嘚声，马车车轮吱吱地滚动。身后的小镇变得越来越小，高高的杂货店也变成了一个小黑点。马车四周什么也没有，一片寂静的空旷。劳拉不喜欢这个景象。但爸爸坐在马车座上，杰克待在马车底部，她知道只要爸爸和杰克在，就没有什么可以伤害到她。

马车终于来到了一座土坡，开始上坡，四周又有树木了。树林里又出现了一座小木屋。劳拉感到放心些了。

没有人住在那座小木屋里——这是野营地点。房子很小，里面很奇怪，有一个很大的壁炉，四面墙上靠着许多简陋的架子床。爸爸在壁炉里生了火后屋子里就暖和了。那天晚上，玛丽、劳拉、宝宝凯丽和妈妈一起睡在火堆前的一张大地铺上，爸爸睡在外面的大篷车里，保护车马。

晚上，一个奇怪的声音把劳拉吵醒了。听上去像是枪声，但比枪声要尖利悠长。她听到过很多次这个声音。玛丽和宝宝凯丽都睡熟了，但劳拉不能入睡，直到妈妈温柔的声音在黑暗中响起。"睡觉吧，劳拉，"妈妈说，"那只是结冰的河面开裂的声音。"

第二天早晨，爸爸说："我们很幸运，卡洛琳，昨天就过了河。假如今天冰面就开裂，我也不会惊讶。我们过河已经算晚了，很幸运冰面没有在我们经过的时候裂开。"

"昨天我就想到这事了，查尔斯。"妈妈轻柔地回答。

劳拉之前没有想到这一点，不过现在开始琢磨：假如冰块在他们的车轮下裂开会发生什么？他们都会沉入那条大河冰冷的水流里去。

"你把她们给吓到啦，查尔斯。"妈妈说。爸爸把劳拉抱在怀里，他的怀抱很宽广，也很安全。

"我们要过密西西比河了！"他开心地抱住劳拉，"你觉得怎么样，我的小果汁①？你想要到西部印第安人住的地方去吗？"

---

① 小果汁：原文为"半品脱苹果汁宝贝"，这是小说中的爸爸喜欢用的亲昵称呼。品脱是容量单位。

劳拉说她想去，她问他们是不是已经在印第安地区了。不过还没到，现在他们在明尼苏达。

印第安领地很远很远。每天马儿都尽力赶路，几乎每个晚上，爸爸和妈妈都在一个新地方扎营。有时候因为河流水面上涨无法通过，他们必须在同一个营地待好几天，直到水面下降。他们渡过的河流已经数不胜数。他们看到陌生的树林和山丘，还有寸木不生的陌生地界。他们从长长的木桥上过河，直到来到了一条宽阔的黄色河流，那里没有桥。

这就是密西西比河。爸爸让马车走上一个木筏，他们都坐在马车里，木筏摇晃着离开安全的岸边，缓缓地穿过那片浑浊不定的黄色河水。

很多天后他们终于又来到山丘地。在一个山谷里，马车深深地陷入黑色泥浆。大雨倾盆，雷电交加。没有地方可以扎营生火。马车里所有地方都潮湿阴冷，令人难受，但他们只能待在里面吃冰冷的剩菜。

第二天爸爸在山坡上找到一个可以露营的地方。雨已经停了，但他们等了一星期，溪水才下降，泥才干了，爸爸将马车轮子从泥里拔出来，继续赶路。

有一天，他们在原地等待的时候，一个高高瘦瘦的男人骑着一匹黑色小马从树林里出来。他和爸爸交谈片刻，就一起走到树林里去了。回来的时候，两人都骑着黑色马驹。爸爸已经将疲惫的棕色马匹给了他，交换到了这两匹马驹。

这两匹小马驹非常漂亮，爸爸说她们不是真的小型马，她们是西部产的野马。"她们和骡子一样强壮，和猫咪一样温顺。"爸爸说。她们有着硕大的温柔谦和的眼睛，鬃毛和尾巴都很长，腿儿纤细，马蹄比大树林里的马的马蹄要轻巧敏捷得多。

劳拉问这两匹马叫什么名字，爸爸说她和玛丽可以给她们起名。所以玛丽给其中的一匹马取名叫佩特，劳拉给另外一匹取名叫帕蒂。当溪水声不再那么汹涌响亮，路上更加干燥之后，爸爸将马车从泥浆里拖出来。他把马车车辕套在佩特和帕蒂身上，然后他们一起继续赶路。

他们就这样坐在大篷车里，从威斯康星的大树林出发，横穿明尼苏达、爱荷华和密苏里。一路上杰克都一直在车底下小跑。他们现在开始穿越堪萨斯了。

堪萨斯是一块看不到头的平地，地面上覆盖着在风中摇曳的青草。他们在堪萨斯一天天向前挪，除了起伏的草地和广阔的天空之外，什么也看不到。天空触碰到地平线，形成一个完美的半圆，马车在这个半圆的正中心。

佩特和帕蒂走了整整一天，先是小跑，然后慢走，接着又开始小跑，但始终走不出这个半圆的中心。当太阳落下的时候，这个半圆仍然包围着他们，天际染上了橘色。慢慢地，地面开始变暗。风儿吹拂着青草，发出孤独的声音。篝火很微弱，在这一片空旷的背景里几乎看不到。但硕大的星星悬挂在天空中，仿佛在很近的地方闪烁，劳拉感觉只要伸出手就能碰到它们。

第二天，大地照旧，天空照旧，半圆也没有变化。劳拉和玛丽感到十分厌倦。没有新鲜事情可以做，没有新鲜东西可以看。大床放在马车后方，铺得很整洁，上面盖着灰色的毯子；劳拉和玛丽就坐在床上。马车两侧的车篷都向上卷起扎好，草原的风吹到车里。劳拉的长直棕发和玛丽的金色卷发都在风中四散飘舞，强烈的阳光让她们睁不开眼。

有时候，一只巨大的野兔跨着大步跑过起伏的草地。杰克并不在意。可怜的杰克也已经累了，跑了这么长的路他的脚掌很疼。马车继续摇晃着向前，马车车篷在风中发出啪啪的响声。两条微弱的车轮痕迹在马车后面延伸，一成不变。

爸爸弯着背脊，手里松松地拿着缰绳，风儿吹着他长长的棕色胡须。妈妈挺着腰身安静地坐着，两只手握着放在膝盖上。宝宝凯丽在几个放着柔软衣物的包裹围成的巢中间睡着。

"啊嗷……"玛丽打了一个哈欠。劳拉说道:"妈妈,我们不能出去跟在马车后面跑吗?我的腿好累。"

"不行,劳拉。"妈妈说。

"我们不是很快就会扎营吗?"劳拉问。他们午餐的时候一起坐在马车阴影里干净的草上,可是离中午已经过去很长时间了。

爸爸回答说:"还不行。现在扎营太早了。"

"我就要现在扎营!我太累了。"劳拉说。

这时候,妈妈说:"劳拉。"其他什么也没说,不过这意味着劳拉不能再抱怨。所以劳拉就不再大声抱怨了,但她还是很不服气。她坐着,在心里对自己抱怨。

她的双腿很疼,风儿不停地吹着她的头发。青草在摇曳,马车晃晃悠悠,就这样过了很长时间。

"我们马上就要到一条溪涧或河流了,"爸爸说,"孩子们,你们看得到前方的树吗?"

劳拉抓着一条车篷龙骨站起来。在很远处的地方,她看见一片黑黢黢的东西。"那是树,"爸爸说,"你可以从阴影的形状来判断。在这片土地上,树就意味着水源。我们今天晚上就在那里扎营。"

CHAPTER 02
过河

佩特和帕蒂开始轻快地小跑,好像她们也欣喜万分。劳拉紧紧抓着车篷龙骨,在颠簸的马车上站起来。越过爸爸的肩膀和波浪般起伏的绿草,她能看到前面的树,它们看上去一点也不像她之前见过的树。它们和灌木差不多高。

"吁!"爸爸突然说。"现在该往哪里走呢?"他对自己嘀咕道。

路在这里分叉,看不出来哪条路走的人更多。两条路上都有碾过草地的微弱车辙。一条道通往西边,另一条稍稍向下倾,通向南方。两条路都很快淹没在被风吹拂的浓密草丛中。

"应该走下山的路,我猜,"爸爸决定了,"溪流一定在山谷底部。这条路一定通向浅滩①。"他让佩特和帕蒂转头向南走。

---

① 浅滩:河流中水浅之处。

这条路向下蜿蜒，然后向上，接着又向下，并再次向上，地面就这样轻柔地起伏。树木离他们近了，不过并不显得更高。然后劳拉猛吸一口气，抓住了马车龙骨，就在佩特和帕蒂的鼻子底下，风儿吹拂着的草地消失了，整个地面都突然消失了。她的视线越过地面边缘，越过那些树木。

小路在这里转弯。它先是在悬崖顶部延伸了一小段，然后突然急转直下。爸爸踩住刹车，佩特和帕蒂也向后倒，几乎坐到地上。车轮继续向前移动，马车沿着陡峭的斜坡一点点向下滑动。光秃秃的红土悬崖耸立在马车两边。只有青草在顶上摇晃，直上直下的悬崖壁上有很多纹路，没有任何东西生长。悬崖壁上很热，热气吹到劳拉的脸上。头顶上有风，但吹不到深邃谷底的河流边上。这里异常宁静，静得空虚一片。

马车很快就重新在平地上行走。这条从峭壁顶部向下蜿蜒的小路一直通到谷底。这里长着高耸的树木，劳拉在草原上看到的矮灌木就是这些树木的顶部。四周是绵延起伏的草场，草场上四散着许多葱茏的果树林，果树林里躺着许多鹿，藏在树荫里很难看到。鹿转过头来望着大篷车，好奇的小鹿站起来想看得更清楚些。

他们还没有看到溪流，劳拉很惊讶。但山谷很宽敞。在这里，草原之下，有许多低矮的小山，还有许多阳光充裕的开阔地。空气还是静止的，气温很高。马车车轮下的地面松软。铺满阳光的空旷地上青草稀疏，鹿儿已经啃食了许多。

马车向前走了一段，他们身后还能看到陡峭光秃的红土峭壁。等佩特和帕蒂停下来喝溪水的时候，峭壁已经躲到小山和树木后面看不见了。

空气中都是汩汩的流水声。河流两边的岸上都长着树木，树枝垂下，在河水上洒下很多阴影。河流在树木中间迅速地流淌，泛着闪闪的银色和蓝色。

"这条河水面挺高的，"爸爸说，"不过我想我们可以在今晚渡过去。你们看，这是浅滩，上面有以前的车轮印。你认为呢，卡洛琳？"

"听你的，查尔斯。"妈妈回答说。

佩特和帕蒂抬起她们湿润的鼻子，双耳向前伸，双眼望着溪水，然后又把耳朵抽回来听爸爸在说什么。她们叹了口气，然后将湿润的鼻子凑在一起说悄悄话。上游不远的地方，杰克用自己红色的舌头舔着水面。

"我把马车车篷收起来扎好。"爸爸说道。他从座椅上爬下来，将帆布篷放下来紧紧扎在车身上。然后他抽紧车身后面的绳子，帆布就都向中间聚集，当中只剩下一个微小的圆孔，小到看不清里面是什么。

玛丽蜷起身躺在床上。她不喜欢浅滩，她害怕汹涌的水面。但劳拉很兴奋，她喜欢水花溅起的样子。爸爸爬回座椅，说道："她们到了中间最深的地方可能需要游泳，不过卡洛琳，我们肯定能安然渡河。"

劳拉想起了杰克，就说："我真希望杰克可以乘在车上，爸爸。"

爸爸没有回答，他把缰绳紧紧拽在手里。妈妈说："杰克可以游泳，劳拉，他没事的。"

马车在泥地上轻轻地向前走。水花开始溅在车轮上。水花声渐渐变大。每次被喧闹的水花撞击，马车都会摇晃。然后突然地，马车被水抬起来，平衡住，随后开始摇晃。这种感觉很棒。

水花声停止了，妈妈大声说："躺下来，孩子们！"

玛丽和劳拉闪电般地在床上平躺下来。每当妈妈用这种语气说话，她们就立刻执行命令。妈妈在她们身上盖上一张厚重的毯子，将头也蒙上。

"静静躺着，就像现在这样。不要动！"她说。

玛丽没有动，她定在那儿，颤抖着。劳拉忍不住扭动身子，她很想看正在发生什么。她能感觉到马车在摇晃和旋转，水声又响起来，然后又静下来。爸爸的声音让劳拉很害怕。爸爸说："抓住，卡洛琳！"

马车猛地晃动了一下，突然有一股水花从一侧重重地推它。劳拉直直地坐起来，将毯子从头上掀开。

爸爸不见了。妈妈一个人坐着，双手紧紧抓着缰绳。玛丽又把脸藏到毯子里去，但劳拉坐得更直了。她看不到河岸。马车前方她什么也看不见，只有涌过来的河水。水里有三颗头，佩特和帕蒂的头，还有爸爸小小的浸湿了的头。爸爸的拳头在水里紧紧抓着佩特的辔(pèi)头。

劳拉听到爸爸微弱的声音从水里传出来。听上去很平静愉悦，不过听不清他在说什么。他在对马儿说话。妈妈脸色发白，很害怕的样子。

"躺下来，劳拉。"妈妈说。

劳拉躺下来。她感到很冷，有些恶心。她紧紧闭起双眼，但还是能看到可怕的河水和爸爸淹没在水中的棕色胡须。

马车摇晃了很长一段时间，玛丽在不出声地哭，劳拉的胃部越来越不舒服。随后前轮突然卡住了，发出咔咔的声音，爸爸大叫起来。整辆马车左突右晃，向后倾斜，但轮子还是继续在河床上向前转。劳

拉又一次坐起身,抓住椅子,她看到佩特和帕蒂拼命弓着湿润的背脊,攀爬陡峭的河岸。

爸爸在她们旁边跑着,大喊:"嗨,帕蒂!嗨,佩特!起来!起来!乖乖!好孩子们!"

上了河岸后她们停下脚步,大声喘气,浑身滴下水珠。马车安然地过了河,静静地上了岸。

爸爸也站着喘气,浑身滴水,妈妈说:"啊,查尔斯!"

"别怕,别怕,卡洛琳,"爸爸说,"我们都很安全,多亏马车车身与轮子连接得紧密。我这辈子从没见过河水涨这么快的。佩特和帕蒂很会游泳,不过我猜想要是没我帮忙,她们过不了河。"

假如爸爸不知道该怎么办,假如妈妈太慌神不敢驾驶马车,假如劳拉和玛丽太调皮打扰到妈妈,那他们就全都葬身水底了。河流会一遍遍地冲刷他们,把他们推到很远的地方,直到沉没,没有人会知道他们发生了什么。几个星期里都没人会经过那条路。

"好了,"爸爸说,"我们化险为夷了。"妈妈说:"查尔斯,你都湿透了。"

爸爸还没来得及回答,劳拉叫了起来:"啊,杰克在哪儿?"

他们已经把杰克给忘了。他们把他落

在可怕河水的另一边，现在怎么也看不到他了。他一定试着跟在他们后面游泳，但现在他们看不到他在水中挣扎的样子。

劳拉使劲控制住哽咽，让自己不哭出来。她知道哭是可耻的，但心里还是忍不住哭。可怜的杰克跟着他们从威斯康星一路走来，非常耐心，也非常忠诚，可现在他们却任由他在后面淹死。他已经非常疲劳了，他们本来应该把他放在马车里的。他站在岸上看着马车离去，好像一家人对他毫不关心。他永远也不会知道他们有多想念他。

爸爸说他绝不会扔下杰克不管，花任何代价都要保住他。如果他知道他们到中间时河水会突然上涨，他肯定不会让杰克游过来的。"不过现在已经没法补救了。"他说。

他沿着河岸往上游和下游走，想要找到杰克，大声叫他的名字，吹哨让他听到。

但都没有用。杰克已经不见了。

最后他们只能无奈地继续前行。佩特和帕蒂都休息好了。爸爸寻找杰克的时候衣服已经晾干了。他又一次抓住缰绳，让马车开始上山，离开河谷。

劳拉一直在车上向后张望。她知道再也见不到杰克了，但她好想看到他。但她什么也看不到，只有在马车和小河间缓缓隆起又下降的土地。在小河另一边，奇怪的红土崖壁又变得越来越高。

还有其他类似的崖壁在马车前方耸立起来。在这些土墙之间有一条小径，上面有微弱的辙迹。佩特和帕蒂沿着这条小径向上爬坡，直到小径变成一片长着青草的山谷。随后山谷变宽，又一次融入高耸的草原。

这里看不见任何道路，连最微弱的车轮或马蹄印都找不到。似乎从来没有任何人的眼睛看到过那片草原。一眼望不到边的草原上只有长得很高的繁茂野草，一片辽远空旷的天空覆盖在上方。远处，太阳的金边触碰到地平线。太阳巨大无比，轻轻弹动着闪烁的光芒。天际是一片淡粉色的云霞，粉色上面是黄色，再上面是蓝色。蓝色天空之上就没有任何色彩了。紫色的阴影在大地上聚集，风儿在哀号。

爸爸让野马停住脚。他和妈妈从马车里下来扎营，玛丽和劳拉也下到地上。

"啊，妈妈，"劳拉恳求道，"杰克已经去天堂了，是吗？他是一条这么好的狗，他肯定会去天堂吧？"

妈妈不知道怎么回答，但爸爸说："是的，劳拉，他会去天堂。上帝连麻雀都不会忘记，不会让杰克这样好的狗在寒风里受冻的。"

劳拉感觉好受了一些。她很不开心。爸爸做事的时候没有像往常一样吹哨子，过了一会儿他说："我也不知道如果没有看家狗，我们在野地里会出什么事。"

CHAPTER 03
在高高的草原上露营

　　爸爸和往常一样扎营。首先，他将佩特和帕蒂的辔头卸下来，与车身分开，然后把她们拴在马绳上。拴马绳很长，系在插进地里的铁楔子上。马拴在马绳上的时候，可以在绳子允许的范围里尽情食草。但佩特和帕蒂拴到马绳上之后做的第一件事就是躺下前前后后地翻滚。她们不停地翻滚，直到马具套在背上的感觉消失。

　　佩特和帕蒂在地上打滚的时候，爸爸将一大块圆形地面上的草都拔掉。这些都是干枯的陈草，从青草的根部底下伸出来的，爸爸可不愿冒险点燃草原。假如底下的干草着火，整片草原都会烧焦，变成一片荒地。爸爸说："还是安全一些好，最终会省掉许多麻烦。"

　　去除空地上的杂草之后，爸爸将一把干草堆在中间。他从河谷里找来一包嫩枝和枯木，将大小树枝和枯木堆在那把干草上面。火苗噼噼啪啪欢快地蹿起来，不过只能待在没有杂草的圆圈里，出不去。

然后爸爸从河里取来水，玛丽和劳拉帮着妈妈做晚餐。妈妈在咖啡研磨器里倒了一些咖啡豆，玛丽将咖啡豆磨碎，劳拉在咖啡壶里盛满爸爸取来的水，妈妈将水壶放在煤炭上。她将铁制的烤箱也放在煤炭上。

烤箱加热的时候，她把玉米面和盐用水拌匀，摊成小饼。她用猪皮在烤箱里涂上一层油，将玉米饼放进去，盖上铁盖子。然后爸爸铲起更多煤炭放在盖子上，妈妈把肥肥的咸肉切成片，放在铁蜘蛛上用油煎。铁蜘蛛下面有几条很短的腿，可以安放在煤炭上，所以叫作铁蜘蛛。假如没有腿的话，就只是一只寻常的煎锅。

咖啡开了，玉米饼烤好了，肉也煎好了，它们的味道都非常好闻，劳拉感到越来越饿了。

爸爸将马车座椅放在靠近篝火的地方。他和妈妈坐在上面。玛丽和劳拉坐在车舌①上。他们每个人都有一只锡盘，一副手柄是用白色象牙做的不锈钢刀叉。妈妈有一只锡做的杯子，爸爸有一只锡做的杯子，宝宝凯丽有她自己的小杯子，玛丽和劳拉共用一只锡杯子。她们喝的是水，她们长大前不能喝咖啡。

他们用晚餐的时候，紫色的阴影在篝火四周聚拢。辽阔的草原一片黑暗，什么声音也没有，只有风在草丛间悄悄掠过。星星很近，看上去很大，在宽广的天幕上闪烁。

四周冰冷空旷，不见五指，待在篝火旁格外舒适。切成片的猪肉很脆很肥，玉米饼也很好吃。马车外面的黑夜里，佩特和帕蒂也在进

---

① 车舌：即车辕，马车前驾马的直木。

食。她们一口口把青草咬下来,发出很响的咀嚼声。

"我们要在这里露营一到两天,"爸爸说,"说不定我们就待在这儿了。这里土地肥沃,河谷底部有木材,还有很多猎物——我们想要的应有尽有。你怎么想,卡洛琳?"

"假如我们继续向前走,情况可能要差很多。"妈妈回答说。

"不论如何,我明天到四周看一下,"爸爸说,"我会带好我的枪,为我们找点新鲜猎物。"

他用烧着的煤炭点燃烟斗,舒舒服服地伸直腿。棕色烟草的气味很温暖,缭绕着温暖的篝火。玛丽打了一个哈欠,从车舌上滑下来坐在草地上。劳拉也打了个哈欠。妈妈飞快地洗好盘子、锡杯和刀叉,她擦干净烤箱和铁蜘蛛,最后把洗碗布用清水洗干净。

有一瞬间她停下手里的活,静静地听黑暗草原上飘来的悠长的哀号声。他们都知道是什么在叫。不过这声音总是让劳拉毛骨悚然,脑袋后面头皮发麻。

妈妈将洗碗布抖开,然后走到黑地里把布放在高高的草丛上晾干。她回来的时候,爸爸说:"是狼。我判断在半英里[①]开外。只要有鹿就会有狼。我真希望……"

他没往下说,不过劳拉知道他想说什么。她希望杰克还在他们身边。他们还在大树林里的时候也曾听到狼叫,劳拉毫不担心,她知道杰克不会让她受到伤害。她感到嗓子一紧,鼻子也酸起来。她赶快眨眨眼不让自己哭出来。那只狼

---

① 英里:英制长度单位,1英里约等于1600米。

又叫了一声，也可能是其他狼。

"小女孩该睡觉了！"妈妈说，语气轻快。玛丽站起来向妈妈转过身去，让她解开自己的扣子。但是劳拉跳起来后站着没动。她看到了什么。在篝火之外的黑暗里，有两只绿色的小灯在靠近地面的地方发光——是眼睛。

劳拉打了一个寒噤，头皮发麻，头发都竖起来了。绿色的小灯移动起来，一只眨了一下，另一只也眨了一下，随后两只眼睛都发出坚定的光芒，向他们靠近。

"爸爸快看！"劳拉叫道，"有一只狼！"

爸爸看上去好像反应并不迅速，但其实已经很快。他瞬间就从马车里取出猎枪，准备好对着那双绿眼睛开枪。那双眼睛停住了。它们静静地待在黑暗中看着爸爸。

"不可能是狼。除非是头发疯的狼。"爸爸说道。妈妈把玛丽抱到马车里。"肯定不是狼，"爸爸说，"听马的声音。"佩特与帕蒂仍然在大口大口地咀嚼青草。

"山猫吗？"妈妈问。

"也可能是豺狗？"爸爸捡起一根木棍，大声叫着把棍子扔出去。绿色的双眼向地面靠近，好像这个动物俯下身去准备跳跃。爸爸准备好手里的枪。不过那只动物并没有动。

"别动，查尔斯。"妈妈说。不过爸爸缓缓地向那双眼睛走过去。那双眼睛也贴着地慢慢地靠近他们。劳拉在光亮与黑暗的交界处看到它了——是一只褐色的动物，身上有斑点。然后爸爸大声喊了出来，劳拉发出尖叫。

　　她还来不及思考就已经和杰克抱在一起了。杰克跳着，喘着粗气，往她怀里钻，用温暖湿润的舌头舔她的脸和手。她抱不住他。他跳起来从劳拉这里又钻进爸爸妈妈的怀抱，然后又回到她这里。

"啊，我可累坏了！"爸爸说。

"我也是，"妈妈说，"不过你干吗要吵醒宝贝？"她轻轻晃着怀里的凯丽，让她安静下来。

杰克安然无恙。不过很快他就在靠近劳拉的地方躺下来，长长舒了一口气。他的眼睛因为疲倦而满是红血丝，他的腹部沾满干结的泥巴。妈妈给他一块玉米饼，他舔了一口，礼貌地摆摆尾巴，但他无法进食。他太累了。

"难以想象他在水里游了多长时间，"爸爸说，"他被冲到下游多远的地方才上岸，我们也不知道。"而他最后赶上他们的时候，劳拉以为他是一匹狼，爸爸还威胁要拿枪射他。

不过杰克知道他们绝不想伤害他。劳拉问他："你知道我们不是故意的，对吧杰克？"杰克摇了摇他的小短尾，他心里很明白。

已经过了睡觉时间。爸爸把佩特和帕蒂拴在马车后部的饲料箱上喂她们玉米。凯丽又睡着了，妈妈帮助玛丽和劳拉脱衣服。她把长长的睡衣套到她们头上，她们就将双臂伸到袖子里。她们自己扣好项圈，将睡帽的系绳在她们下巴上系好。杰克在马车下面疲倦地翻了三个身，就躺下睡过去了。

劳拉和玛丽在马车里说好晚祷就爬到小床上去。妈妈亲吻她们说晚安。

在马车车篷的外面,佩特和帕蒂在咀嚼玉米。帕蒂"嗖"的一下将头埋进饲料箱里的时候,劳拉仿佛就在耳边听到了这声音。草地里有窸窸窣窣的声音。小河旁的树枝上有一只猫头鹰叫起来:"呜?呜?"更远的地方,另一只猫头鹰回答:"呜。呜。"

  远处的草原上狼群嗷嗷嚎叫，躺在马车下方的杰克肚子里发出咕咕的声音。而在马车里，一切都这么安全舒适。

  敞开的车篷前方，密密麻麻挂着许多巨大而闪亮的星星。爸爸伸出手就可以摸到它们，劳拉想。她满心希望爸爸能把天幕上最大的一颗星从悬着的线上摘下来给她。她睁大着眼睛，完全没有睡意，但突然间她吃了一惊，有颗大星星朝着她眨眼了。

  等她醒来的时候，已经是第二天早晨了。

CHAPTER 04

草原时光

劳拉的耳旁响起轻柔的马鸣声,谷物被哐哐地倒进饲料箱里。爸爸正在给佩特和帕蒂喂早饭。

"后退,佩特!不要贪心,"他说,"轮到帕蒂了,你明白的。"

帕蒂跺了跺脚,轻声嘶叫。

"听着,帕蒂,在你自己的那头吃,"爸爸说,"这一边是佩特的。"

帕蒂微微尖叫了一声。

"哈哈!被咬了吧,是不是?"爸爸说,"你这是活该。我跟你说过吃自己的玉米。"

玛丽和劳拉互相看一眼,大笑起来。她们闻到培根和咖啡的香味,听到薄饼在火上烤的滋滋声,急忙下了床。

玛丽会自己穿衣,只有中间的纽扣不会扣。劳拉为她扣好这粒扣子,然后玛丽帮劳拉将后面的扣子全部扣好。她们用放在马车顶上的

锡水盆洗手洗脸。妈妈将她们的每一绺头发都梳直，而爸爸从小河里取了新鲜的水回来。

然后他们坐在干净的草地上吃早饭，膝盖上的锡盘子里盛着薄饼、培根和糖蜜。

在他们周围，阴影从摇曳的青草上退去，太阳升了起来。草原云雀从起伏不定的草丛中笔直地向上跃起，飞进高高的澄澈天宇。在头顶湛蓝的天空里，微小如珠的云团慢慢飘浮。所有的野草尖上都有小鸟在摇晃，轻声歌唱。爸爸说它们是黑喉麻雀。

"麻雀，麻雀！"劳拉对着它们叫唤，"麻雀——鸟！"

"好好吃早饭，劳拉，"妈妈说，"你必须注意礼貌，即使我们周围一百英里都没人。"

爸爸温柔地说："这里离独立镇也就四十英里的路程，卡洛琳，那里或者更近的地方肯定有邻居。"

"那就四十英里吧，"妈妈同意了，"不管怎么样，在饭桌旁唱歌总是不礼貌的。吃饭的时候也不行。"她补充说，因为他们并没有桌子。

他们周围只有巨大空旷的草原，青草在水波般的光线中摇曳，上面有阴影覆盖，头顶上是广阔的蓝色天空，鸟儿从草丛中飞起，迎着升起的太阳欢快歌唱。无边无际的广阔草原上看不到一丁点儿有人来过的痕迹。

在这片巨大的土地和天空中伫立着一辆孤单、微不足道的大篷车。近旁坐着爸爸、妈妈、劳拉、玛丽和宝宝凯丽，共进早餐。两匹野马大口嚼着玉米，杰克静静地坐着，努力不哀求食物。妈妈不允许劳拉在自己吃饭的时候喂杰克，不过她留了一些食物给他。随后，妈妈用剩下的最后一点面粉为他做了一张大薄饼。

草丛里到处都是兔子，还有成千上万只草原山鸡。爸爸准备去打猎，而杰克必须守卫营地。

爸爸先把佩特和帕蒂拴在马绳上，再从马车侧面把木盆拿下来，在里面盛上从小河里取来的水。妈妈准备洗衣服。

然后爸爸将锋利的斧头插在腰带里，把装火药的牛角挂在斧头旁边，把杂物盒①和子弹囊放在口袋里，再用臂弯夹住猎枪。

他对妈妈说："不要着急，卡洛琳。我们不会动这辆马车的，不准备好就不会动。我们有的是时间。"

爸爸出发了。有那么一段时间，她们可以看到他上半身露出在草丛上方，不断向前走，越来越小。然后他就不见了，草原上一片空旷。

妈妈在马车里整理床铺，玛丽和劳拉开始洗盘子。她们将干净的盘子整齐地放在篮子里；她们捡起一根细碎的树枝投到火堆里；她们靠着马车轮子把木块堆起来。然后露营地就一尘不染了。

妈妈把装着软肥皂的木盒子从马车里拿出来。她把裙子卷上去，拢起袖子，在木桶旁的草地上跪下来。她开始清洗床单、枕头套和白色内衣，又清洗连衣裙和衬衫，然后在清水中冲洗，最后将它们平铺在干净的草地上，在太阳下晒干。

玛丽和劳拉在探险。她们不能走得离马车太远，但在阳光灿烂的草丛里迎着风奔跑很有趣。巨大的兔子从她们身边跳走，鸟儿扑腾着飞起又落下。到处都是小小的黑喉麻雀，它们小小的巢藏在高高的草丛里。还有很多棕色条纹的地鼠。

这些小生命就像丝绒一样柔软。它们的眼睛很亮很圆，鼻子皱皱的，爪子很小。它们从地洞里探出脑袋，站起身看着玛丽和劳拉。它

---

① 杂物盒：猎人随身带的一个小盒子，在里面装清理来复枪的清理棒、碎布和燧石等小工具。

们的后腿蜷在身体下面,小小的爪子紧紧地缩在胸口,看起来就像地面上冒出来的枯木,只有它们的眼睛闪出生机。

玛丽和劳拉想要抓一只地鼠给妈妈。她们试了一次又一次,总是差一口气。地鼠看上去纹丝不动,不过假如你靠近它,觉得差一点就要捉住它的时候,它就突然不见了。地上只有它凿出的圆圆的洞口。

劳拉四处奔跑，就是抓不到地鼠。玛丽安静地坐在一个洞口旁，等着地鼠冒出头。在她够不到的地方，地鼠欢快地蹿来蹿去，然后坐起身盯着她看。但没有一只地鼠从那个洞口出来。

有一次一道阴影在草丛上划过，所有的地鼠瞬间消失了。一只老鹰从头顶上滑翔而过，离地面很近，劳拉可以看到它凶残的圆眼睛向下看着她。她看到老鹰尖利的嘴和凶猛的爪子随时准备扑下来的样子。但老鹰其实什么也没看到，只看到劳拉、玛丽和地上空荡荡的小圆孔。老鹰就这样一飞而过，到其他地方去寻觅晚餐了。

这时候所有的地鼠又都回来了。

时间已经接近正午。太阳几乎到了头顶。玛丽和劳拉就在草丛里摘了些野花，代替地鼠，回去送给妈妈。

妈妈正在折叠晒干的衣物。小小的内裤和衬裙比雪还要白，在阳光下照得暖暖的，有青草的香味。妈妈把衣服放在马车里，收下野花。她对玛丽和劳拉带回来的花一视同仁地喜欢，将这些花都放在一只装着水的锡杯子里。妈妈把杯子放在上马车的阶梯上，让整个露营地都漂亮了几分。

随后，妈妈切开一块玉米蛋糕，在上面涂上糖蜜。她把一块给玛丽，一块给劳拉。那就是她们的午餐，非常可口。

"哪里有印第安宝宝，妈妈？"劳拉问道。

"嘴里塞满东西的时候不要说话，劳拉。"妈妈说。

劳拉就听话地咀嚼下咽，然后再说："我想要看看一个印第安宝宝。"

"上帝保佑我们！"妈妈说道，"你究竟是为什么想看到印第安人？我们会看到许多印第安人的，比我们想看到的还要多，我敢肯定。"

"他们不会伤害我们的，对吗？"玛丽问道。玛丽总是很听话，她嘴里塞满东西的时候从来不说话。

"不会！"妈妈说，"脑袋里不要有这样的念头。"

"那妈妈你为什么不喜欢印第安人？"劳拉问道，她一边说一边用舌头接住一滴掉下来的糖蜜。

"我就是不喜欢他们——不要舔你的手指，劳拉。"妈妈说。

"这是印第安人的领地，不是吗？"劳拉说，"假如你不喜欢他们，那我们为什么要到他们的领地上来？"

妈妈说她不知道这是不是印第安人的领地。她不知道堪萨斯州的边界在哪里。不过无论如何，印第安人待在这里的时间不会很长。爸爸听一个华盛顿来的人讲，印第安领地马上就要对移民开放。可能已经开放了。华盛顿州很远，领地里的人也许还没听说。①

然后妈妈从马车里拿出一只熨斗，在火上加热。她在玛丽的衣服、劳拉的衣服、宝宝凯丽的小衣服和她自己印着树枝花样的棉布衣服上洒水。她在马车座椅上铺上一块毯子和床单，开始熨衣服。

宝宝凯丽在马车里睡觉。劳拉、玛丽和杰克睡在旁边阳光照不到的草地上，现在日光非常炎热。杰克的嘴张开，吐出红色舌头，两只眼睛很困的样子。妈妈一边轻轻哼着歌，一边用熨斗将小衣服上的褶皱熨平。她们四周一片空旷，从近处到天际什么也没有，只有草丛在风中摇晃。头顶上很远的地方，几朵白云飘在稀薄的蓝色天空中。

---

① 这里母亲的话语带有对印第安人的敌意，并且认为印第安领地被欧洲移民占领是很合理的事，这是美国建国初期乃至后来很长时间里盛行的偏见。

劳拉十分高兴。风儿吹过草丛，沙沙地吟唱一首低沉的歌。蚂蚱的唧唧叫声从广阔的草原上颤抖着升起。从山谷传来树木摇曳的索索声。但这所有的声音凝聚起一种巨大、温暖、幸福的安宁。这是劳拉见过的她最喜爱的地方。

她不知不觉地睡了过去，直到醒来后才发现。杰克睡在她的腿上，轻轻摇晃着短尾。太阳挂得很低，爸爸正穿过草原往回走。劳拉跳起来奔跑过去，爸爸长长的影子拉得更长，与她在摇曳的草丛中相会。

爸爸举起手中的猎物让她瞧。他握着一只兔子，是她见过的最大的兔子，还有两只肥肥的草原山鸡。劳拉上下跳着拍手尖叫。然后她抓住他的另一只袖子，在爸爸身边一跳一蹦地穿过高草丛走回来。

"这片土地上全是猎物，"他告诉劳拉，"我看见五十头鹿，还有羚羊、松鼠、兔子和各种各样的鸟，河里全是鱼。"他对妈妈说："我和你说，卡洛琳，我们要的这里全有。我们可以过国王一般的生活！"

那天晚餐非常丰盛。他们坐在篝火旁，吃着汁液饱满、肉质鲜嫩的野味，吃到不能再饱。

巨大的天空中最后一丝色彩褪去，所有的平地都被阴影覆盖。夜风刺骨，篝火的温暖很令人舒适。从山谷中的森林里传来菲比鸟忧伤的叫声。反舌鸟也叫了一会儿，然后星星出来了，所有的鸟都安静下来。

慢慢地，爸爸的提琴开始在星光中响起。有时候他会唱一会儿，有时候只有提琴声。在遥远的地方，提琴单薄而甜美的声音飘荡起来：

所有看见你的人都会爱上你，

你是我心上的人儿……

明亮而硕大的星星低低地悬挂在天幕上。它们变得越来越低，随着音乐颤动。

劳拉吸了一口气，妈妈很快察觉了。"怎么了，劳拉？"她问道。劳拉轻轻地嘟囔说："星星在唱歌。"

"你刚才睡着了，"妈妈说，"那是提琴的声音。小女孩们也该睡觉了。"

她就着火光给劳拉脱下衣服，给她穿上睡衣，戴上睡帽，把她放到床上为她掖好被子。但提琴还在星光下歌唱。夜晚充满了音乐，劳拉很肯定，有一部分音乐来自草原天空上悬挂得很低的明亮硕大的星星。

CHAPTER 05
草原上的小屋

第二天早上太阳还没出来的时候,劳拉和玛丽就已经起身。她们的早餐是草原山鸡酱汁玉米糊,然后她们急忙帮妈妈洗好碟子。爸爸把所有东西装到马车上去,又把佩特和帕蒂拴好。

太阳升起来的时候,他们已经坐在马车上横穿草原了。地上没有路。佩特和帕蒂蹚过草丛,马车在身后留下的只有自己的辙迹。

正午之前,爸爸"吁!"的一声,马车便停了下来。

"我们到了,卡洛琳!"他说,"我们就在这里造我们的小屋。"

劳拉和玛丽跌跌撞撞地跳到饲料箱上,随后很快跳到地上。周围空无一物,只有茂盛的草原绵延到天际。

往北去离他们很近的地方,河谷躺在草原下方。可以看到一些暗绿色的树顶,在这些树的后方露出几段高原崖壁的边缘,上面长着青草。东边很远的地方,有一条断断续续的绿色植被线,爸爸说那里是一条河。

"那是弗迪格里斯河①。"他说着指给妈妈看。

爸爸妈妈很快开始给马车卸载。他们把所有东西搬出来堆在地上，然后将马车车篷取下盖在这堆物件上，最后又将马车的车身拆下来，劳拉、玛丽和杰克在一旁看着。

他们已经把马车当成家很久了。现在马车被拆得什么也不剩了，只有四只轮子，还有把轮子连在一起的木架子。佩特和帕蒂还拴在车舌上。爸爸拿出一只木桶和他的斧子，就这样坐在只剩下空架子的马车上驾车而去。他向草原中心驶去，消失在视线里。

"爸爸要去哪里？"劳拉问道。妈妈说："他要去河谷那里搬一堆木材回来。"

被马车留在高高的草原上是一件奇怪而令人害怕的事。大地和天空都显得如此巨大，劳拉感觉自己很渺小。她想要躲起来，在草丛中一动不动，就像一只草原上的雏鸡一样。但她不能。她帮助妈妈做事，玛丽坐在草丛上看管宝宝凯丽。

劳拉和妈妈首先在马车车篷搭起的帐篷里将床搭好。然后妈妈整理箱子和包裹，而劳拉把帐篷前面一块地方的草丛拔掉。她们为篝火准备好了一块空地。不过现在还生不了火，爸爸还没有把木材带回来。

她们没什么事可做了，劳拉就开始探险。她没有走得离帐篷很远，但她在草丛里发现了一条奇怪的小道。假如你只盯着起伏的草丛表面看，就永远不会注意到它；不过你如果俯下身，一眼就能看到草丛根部

---

① 弗迪格里斯河：阿肯色河的主要支流之一，在今天俄克拉何马州的境内汇入。劳拉一家现在来到了堪萨斯州境内，在小说描写的这段时间（19世纪晚期）里，这里还是印第安领地，尚未成为美国的一个州。

之间一条细窄、笔直、表面很硬的小路，向茫无涯际的草原伸展开去。

劳拉沿着这条小路向前走了一会儿。她走得很慢，再慢一些，最后停下来，她感觉很古怪。这个时候她转身飞快地往回走。她回头看的时候，身后没有任何人。但她还是加快了步伐。

当爸爸坐在一堆木材上回来的时候，劳拉告诉他自己发现了一条小路。爸爸说他昨天也看到了。

"是一条以前留下的路。"他说。

那天坐在篝火旁边的时候，劳拉又开始问什么时候才能见到一个印第安宝宝，爸爸还是说不知道。他说，除非印第安人想让你看到他们，不然你是看不到他们的。爸爸还是一个孩子的时候在纽约州看到过，但劳拉从来没见过。她知道他们的皮肤是红色的，他们的斧子叫作印第安战斧。

爸爸对野生动物如数家珍，所以他也肯定了解野人。劳拉想着有一天爸爸肯定会给她看一个印第安宝宝，就像他曾经给她看过小鹿、小熊和小狼。

爸爸花了两天运木材。他积累了两堆木材，一堆造小屋，另一堆造马厩。他不断驾马车到谷底去又回来，已经走出了一条路。晚上拴在马绳上的佩特和帕蒂啃食近处的青草，最后木材四周都只剩下短小的草根。

爸爸首先要建造一座木屋。他用脚在地上丈量木屋地基的大小，然后用铲子在两条边界之间挖了一个浅浅的坑。他把两根最粗的木材滚到坑里。它们都是结实、挺拔的大木头，会承受木屋大部分的重量。它们叫作地基木。

然后爸爸又挑选了两根粗大的木材，将它们滚到地基木的两端，构成一个正方形。他用斧子在这四根木料的两端各凿出了一条很宽很深的凹槽。这些凹槽都凿在木材表面，不过他已经凭目力测算过，上面两根木材的凹槽正好可以嵌进基木直径的一半。

凹槽凿好之后，爸爸滚动上面两根木材。上面的凹槽正好与下面地基木的凹槽榫(sǔn)合。

这样，小屋的地基就完成了。高度是一根原木的直径。地基木一半埋在地里，两端的木料恰好稳稳地架在地面上方。这四根木材构成四个角落，刻好的凹槽让它们彼此交叉，不至于重叠。木材顶端都伸出在凹槽之外。

第二天爸爸开始砌墙。两侧都叠上一根原木，顶端凿出凹槽与下方的木材榫接。然后又在两端叠上一根原木，凿好凹槽，与下面的原木榫接。这样整座小屋就有两根原木的高度了。

这些原木构成的四个角严丝合缝，但没有任何一根原木是笔直的，且总是一头大一头小，所以四面墙上就会有缝隙。不过这不要紧，爸爸会堵上这些缝隙。

爸爸依靠自己的力量垒起了三层原木。然后妈妈开始帮忙。爸爸先把原木一头抬到墙上，妈妈扶住，爸爸再把另一头抬上去。爸爸站在墙上凿凹槽，妈妈帮着他滚动原木，把木材托起来放置妥当，保证四个角是标准的直角。

就这样，他们两人将木材一根接一根往上垒，四面墙都已经很高，劳拉爬不过去了。她厌倦了看爸爸妈妈造小屋，就走进高高的草丛去探险。突然间她听到爸爸大吼一声："放手！不要被压住！"

她飞快地奔向妈妈，速度比爸爸还快。爸爸蹲下来，叫着妈妈，声音中满是恐惧，妈妈重重吸了一口气，说道："我没事。"

原木压在她的脚上。爸爸把原木抬起来，妈妈把脚从原木下抽出来。爸爸摸了一下她的脚，看骨头有没有断裂。

"动一下手臂，"他说，"背部有没有拉伤？头能转吗？"妈妈动了一下手臂，又转了转头。

"感谢上帝！"爸爸说。他帮着妈妈坐起来。她又说了一遍："我没事，查尔斯，就是脚不太好。"

爸爸马上脱下她的鞋子、袜子。他细细地触摸妈妈的脚，动了动脚踝、脚背和每一根脚趾。"疼得厉害吗？"他问道。

妈妈脸色发灰，嘴绷成了一条细线。"不怎么疼。"她说。

"骨头没有断，"他说，"就是扭伤得很严重。"

妈妈高兴地说："扭伤很快就会好。不要难过，查尔斯。"

"我很自责，"爸爸说，"我应该使用滑道的。"

他帮妈妈走进帐篷。他生起火开始烧水。水热了，妈妈在水温可以忍受的时候，把肿起来的脚伸进去。

多亏上帝保佑，妈妈的脚并没有被砸断。地上有一个小坑，救了妈妈的脚。

爸爸不断往妈妈泡脚的桶里倒热水。她的脚被热水泡得发红，肿起来的脚踝开始发紫。妈妈把脚伸出热水，将几条布片紧紧地缠绕在脚踝上。"我撑得住。"她说。

她穿不上鞋子。不过她试着在脚上缠绕上更多布片，一瘸一拐地走。她像往常一样做晚饭，就是动作稍慢。但是爸爸说必须等她脚踝康复才能继续帮他盖房子。

　　他劈开木材，做了几个滑道——就是几片很长的平板。一头放在地上，一头架在墙上。他不准备再用手举起木材了，他准备和妈妈一起用滑道把木材滚上去。

　　但是妈妈的脚踝还没有痊愈。每天晚上她都会解开纱布，把脚泡在热水中。脚踝看上去还是紫一块黑一块的，夹杂着绿色和黄色。造木屋的事只能先暂停。

　　有一天下午，爸爸哼着歌兴高采烈地沿着河边小路向她们走来。她们没想到他打猎能这么早回家。他一看到她们就大叫起来："好消息！"

　　原来他们有一个邻居，住在河对岸，离他们只有两英里远。爸爸在树林里见到了他。他们商量好互相协助，这样对大家都更加便利。

　　"他是个单身汉，"爸爸说，"他说他不像你和孩子们那样需要一间小屋。所以他准备先帮我们盖房子。然后等他运好木材，我就过去帮他的忙。"

　　这下他们不需要再推迟盖木屋的计划了，妈妈也不用帮忙了。

　　"你觉得这个主意怎么样，卡洛琳？"爸爸高兴地问道。妈妈说："这很好，查尔斯，我很高兴。"

　　第二天清早爱德华兹先生就来了。他瘦高个子，皮肤是棕色的。

他对妈妈鞠了一躬,礼貌地称呼她为"女士"。不过他告诉劳拉他是从田纳西来的野猫子。他穿着高筒靴和一件宽松的套衫,戴着一顶浣熊皮帽。他能把烟草汁[①]吐到很远的地方,劳拉从来没见过这么厉害的人,他能击中任意目标。劳拉试了一次又一次,但从来不能像爱德华兹先生那样吐得又远又准。

　　他工作起来很利索。一天工夫就和爸爸一起把墙垒得很高,爸爸很满意。他们一边工作一边歌唱,挥舞的斧子溅起许多木屑。

　　在四面墙顶上,他们架起了一个用细木条做的屋顶骨架。随后他

---

① 烟草汁:抽烟时嘴里分泌的唾液。

们在南面墙上凿了一个长方形口子做房门，在西墙和东墙上他们开了几个口做窗户。

劳拉等不及看到房屋里面是什么样子的。长方形口子开好后，她就跑进去了。里面有许多一条一条的东西，阳光从西面墙上的缝隙里照射进来，头顶上的木材投下一条条阴影。这些阴影和阳光都落在劳拉的双手、双臂和赤裸的脚上。透过原木之间的缝隙，她可以看到长条的草原。草原的甜美气味与木材的香气混杂在一起。

然后，爸爸在西墙上开了一个窗户洞，一片阳光扑进来。他完成之后，屋子中间躺着一大块阳光。

在门洞和窗户洞的四周，爸爸和爱德华兹先生在原木的切口处钉上细木条。屋子就这样完成了，只缺一个屋顶。墙非常牢固，屋子很宽敞，比帐篷大很多倍。这是个很不错的木屋。

爱德华兹先生说要回家，但爸爸妈妈说他必须留下来吃晚饭。因为有客人，妈妈煮了一顿特别丰盛的晚餐。

有一只炖野兔、白面做的小面团和许多酱汁，还有一大块冒着滚滚热气的玉米糕，上面涂着培根油。玉米糕上浇着可以吃的糖浆。因为这是顿待客的晚餐，他们就没有在咖啡里加糖浆。妈妈拿出了从店里买来的小纸袋装的淡棕色砂糖。

爱德华兹先生说他当然愿意共进晚餐。

爸爸就把小提琴拿了出来。

爱德华兹先生平躺到地上听爸爸演奏。但爸爸先是给劳拉和玛丽拉琴。他演奏了她们最喜欢的音乐，一边弹奏一边唱起来。劳拉最喜欢这首歌。爸爸的声音低低地向下沉，向下沉。

> 嘿，我是一个吉普赛国王！
> 来来去去随我主张！
> 我拉下我的旧睡帽，
> 悠闲地面对眼下时光。

随后，他的声音继续向下沉潜，比最老的牛蛙的声音还要低沉。

> 啊，我是一个吉普赛国王！

他们都大笑起来。劳拉笑得停不住。

"爸爸，再唱一次吧！再唱一次！"她大声叫起来，不过突然想起来小孩可以露面但不能发出声音，她马上安静下来。

爸爸继续弹奏，大家都开始跳起舞来。爱德华兹先生用一个胳膊肘把自己撑起来，坐起身，然后一跃而起开始跳舞。他在月光下蹦蹦跳跳，双手上下舞动，爸爸的小提琴继续欢唱，脚掌不断敲打地面，劳拉和玛丽都一边拍手一边跺脚。

"你是我看到过最会拉琴的傻瓜！"

爱德华兹对着爸爸赞赏地喊道。他继续跳舞，爸爸继续拉琴。爸爸演奏的是《莫尼穆斯克》①和《阿肯色旅人》，还有《爱尔兰浆洗女工》和《魔鬼的号笛舞》。

声音太吵，宝宝凯丽睡不着。她就在妈妈的膝盖上坐起来，睁大

---

① 莫尼穆斯克：苏格兰阿伯丁地区一个18世纪重建的村庄的名字，也是有名的英语民间小调的名字。

圆圆的眼睛看着爱德华兹先生，拍着小手咯咯地笑。

篝火跳动起来，火堆四周的阴影也翩翩起舞。只有新建好的小木屋在黑夜里静静地一动不动，大大的月亮升起来，照耀着灰色的墙面和四周墙根的黄色木屑。

爱德华兹先生说他必须回家了。他的营地在树林和小河的另一边，回去要走很多路。他拿好自己的枪，与劳拉、玛丽、妈妈道晚安。他说单身汉有时候非常孤单，所以非常享受这一晚上的家庭生活。

"继续拉琴，英格尔斯①！"他说，"用音乐送我往回走！"他踏上河边小路慢慢不见了身影，爸爸一直在他身后拉着琴，爸爸、爱德华兹先生和劳拉用尽力气高声唱：

丹·特克老了精神还很好；
他洗脸用的是油煎铁锅，
他梳头用的是马车车轮，
脚跟上犯了牙疼一命呜呼。

给丹·特克老人让让路！
他想赶上晚餐但已经来不及！
晚餐已经结束盘子清洗完毕，
啥也不剩，除了一块西葫芦！

---

① 英格尔斯：小说中爸爸的姓氏。

丹·特克老人进了小镇，
　骑着一头驴，后面跟着一条猎狗。

　　爸爸洪亮的声音和劳拉细小的嗓音在草原上传开很远，小河河谷里传来爱德华兹先生最后的歌声。

　给丹·特克老人让让路！
　他想赶上晚餐但已经来不及！

　　爸爸停下手里的提琴，他们已经听不到爱德华兹先生的声音。只有风儿拨弄草原上青草的声音。大大的黄色月亮在头顶很高的地方缓缓移动。天空满是光亮，但一颗星星都没有，整个大草原笼罩在黑影里，柔和舒缓。

　　这时候，河边的树林里响起一阵夜莺的歌声。

　　一切都那么寂静，都在聆听夜莺的歌声。鸟儿不断歌唱着。冷风吹过草原，草丛发出嗡嗡的呢喃，衬托着鸟儿清澈嘹亮的歌声。天空就像一碗打翻的光，倾泻在黑暗而平整的大地上。

　　歌声停止了。大家都一动不动，一声不发。劳拉和玛丽很安静，爸爸妈妈静静坐着。只有风儿在吹，草地在叹息。然后爸爸再一次把提琴放在肩上，轻轻地把琴弓放到琴弦上。几个音符像几滴清水掉落在凝固的空气中。爸爸暂停了一下，然后开始演奏夜莺的歌。夜莺回应他，再次歌唱，追随爸爸的提琴声。

鸟儿停下的时候，夜莺还在歌唱。夜莺停下的时候，提琴再次召唤，鸟儿就又唱起来。鸟儿和提琴互相倾诉，歌声萦绕着清冷的月夜。

CHAPTER 06
搬进小屋

"墙砌好了,"爸爸一大清早对妈妈说,"还没有地板和家具,不过最好搬进去,试着适应待在屋子里面。我必须尽快建好马厩,让佩特和帕蒂也能待在有墙遮挡的地方。昨天晚上我听到四面都有狼的叫声,而且听上去离我们挺近的。"

"反正你有枪,我也不担心。"妈妈说。

"是的,而且还有杰克。不过如果你和孩子们四周围着结实的墙,我会更加安心。"

"你觉得为什么我们还没有看见任何印第安人?"妈妈问道。

"呃,我也不知道,"爸爸漫不经心地回道,"我在树丛里看到过他们的露营地。我猜他们现在正在外面打猎。"

妈妈接着就高声喊:"孩子们!太阳出来了!"劳拉和玛丽急匆匆地起床,穿好衣服。

"快点吃早饭，"妈妈把最后一点炖野兔汤盛到她们的锡盘子里，"我们今天就要搬进新屋子里去了，所有的木屑都要清扫出来。"

她们很快吃完饭，很快地将木屑运出木屋。她们用尽力气跑进跑出，在裙子里装满木屑，然后倒进篝火旁边的碎屑堆。不过木屋的地上还是有木屑，妈妈用柳条扫帚把它们扫到一起。

虽然妈妈扭伤的脚踝正在康复，走路还是一瘸一拐的，不过她很快就把屋子里的泥地扫干净了，然后玛丽和劳拉帮她把东西搬到屋子里。

爸爸骑在墙头上，把马车的帆布篷扯开盖在细木条做的屋顶架上。帆布在风中上下舞动，爸爸的胡须也在风里拼命动弹，头发都在脑袋上竖起来，好像要把自己拔出来。他紧紧抓着帆布篷与大风搏斗。有一次帆布顶被猛地向上扯起来，劳拉以为爸爸这回必须放手，要不就会像大鸟一样飞到半空去。但爸爸用双脚紧紧夹住木墙，双手紧紧抓住帆布篷，终于将它系好。

"好了！"他对帆布说，"待在这儿别动。听——"

"查尔斯！"妈妈叫道。她双手捧着被子，抬起头用责备的眼神看着爸爸。

"——听话，"爸爸对着帆布说道，"你啊，卡洛琳，你以为我要说什么？"

"啊，查尔斯！"妈妈说，"你这个坏蛋！"

爸爸马上从屋子的一角爬了下来。原木的两头都伸出来的，他就把它们当成梯子。他用手理了理头发，结果更多头发竖起来，显得更乱了。妈妈不禁笑出声来。然后他把妈妈和被子一起抱在怀里。

然后他们看了一眼木屋，爸爸说："这个房子还不赖吧！"

"我会高高兴兴地搬进去。"妈妈说。

门窗都还没有做好，地板没铺好，屋顶也只是一块帆布。但屋子里有坚实稳固的墙，不会移动，可不像马车，每天早上要去往另一个地方。

"我们在这里会顺利的，卡洛琳，"爸爸说，"这是个好地方。我要是下半辈子都待在这里也满足了。"

"即便以后人多起来？"

"即便以后人多起来。不论有多少邻居，这块土地永远不可能拥挤。看看这片天空！"

劳拉明白他的意思。她也很喜欢这个地方。她喜欢巨大的天空，喜欢这里的风，喜欢这片一望无际的土地。一切都如此自由、广阔、壮美。

吃午饭的时候，屋子已经收拾好了。床铺在地上，很整洁。马车座椅和两块木桩被搬进来当作椅子。爸爸的枪挂在门洞上面的挂钩上。箱子和包裹都整齐地堆在墙边。这座屋子很舒服。帆布屋顶透进来一丝柔和的光，风儿和阳光从窗户洞钻进来，太阳当头照着，四面墙上的每一丝缝隙都微微发光。

只有篝火还在原地待着不动。爸爸说他会尽快在屋子里造一个壁炉。他可以刨一些木条在冬天来临之前做好屋顶，然后劈开一些原木做地板，也可以做床和桌椅。不过他首先要帮爱德华兹先生造房子，要给佩特和帕蒂造马厩。

"等这些做好，"妈妈说，"我想要一个晾衣服架子。"

爸爸笑起来："好的，我想要一口井。"

午饭后他把佩特和帕蒂套在马车上，从小河里提来一桶水让妈妈可以洗衣物。"你可以在小河里洗衣服，"他对妈妈说，"印第安女人就是这样做的。"

"假如我们想模仿印第安人，你可以在屋顶上戳一个洞让屋里的炊烟跑出去，"妈妈说，"印第安人就是这样做的。"

那天下午她在水盆里洗衣服，然后铺在草地上晾干。

晚餐后他们围着篝火坐了一会儿。那天夜里他们就要睡在屋里了，他们再也不用睡在露营地的篝火旁边了。爸爸和妈妈谈起在威斯康星的家人们，妈妈希望自己能给他们寄一封信。但独立镇离这里有四十英里，要等爸爸跑远路去邮局的时候才能寄信。

在遥远的大树林，爷爷奶奶、姑姑伯伯们不知道爸爸、妈妈和劳拉、玛丽、宝宝凯丽走到哪里了。他们此刻坐在篝火旁，没人知道大树林里的人都怎么样，也没办法了解。

"好吧，该睡觉了。"妈妈说。宝宝凯丽已经睡着了。妈妈把她抱进屋子，给她脱掉衣服，玛丽帮劳拉把紧身胸衣脱到腰部，爸爸在门洞上挂了一条被子——挂一条被子比没有门要强。

他回头张望，轻轻地说："到这儿来，卡洛琳，看看月亮。"

玛丽和劳拉睡在新屋子里地上的小床上，透过东边的窗户洞看着天空。大大的明月照在窗户洞的下缘，劳拉坐起身来。她看着巨大的月亮默默地向上滑进清澈的天宇。

银色的月光攀上房屋那一边的每条缝隙。月光从窗户洞倾斜着照进来，在地上投下一个方形的亮块。光线很亮，劳拉可以很清晰地看

到妈妈掀开门口挂着的被子走进屋子。

然后劳拉很快躺下来,不让妈妈看到自己淘气坐起来的样子。

她听到佩特和帕蒂轻轻地对爸爸嘶鸣。然后她们轻轻的哒哒踩踏声从地面传到她的耳中。佩特、帕蒂和爸爸正朝屋子走过来,劳拉听到爸爸唱着:

向前航行吧,银色的月亮!
在天上洒下一路清辉——

他的声音融进黑夜、月光和草原上的静寂。他走到门口,一边唱着:

身边是微弱的银色月光——

妈妈轻轻地说:"别唱,查尔斯。你会把孩子吵醒的。"

爸爸就默不作声地进了门。杰克跟在他身后,在门口躺下来。他们现在都已经在新家里了,四面是坚实的原木墙,感觉舒服又安全。劳拉快睡着时听到远处草原上传来一声悠长的狼嚎,不过只是感到背上微微发凉,她很快进入了梦乡。

CHAPTER 07

狼群

爸爸和爱德华兹用一天时间就给佩特和帕蒂造了一间马厩。他们甚至搭建了一个屋顶，因此一直工作到很晚，妈妈只好一直等他们完成才开饭。

马厩还没有门，不过爸爸借着月光把两根很粗的柱子深深地扎进地里，门洞两边各有一根。他把佩特和帕蒂赶到马厩里，然后将细细的劈开的原木一根根垒在两根柱子之间，做成了一堵坚实的墙。

"好了！"爸爸说，"让那些狼嚎叫吧！我今天晚上可以安心睡觉了。"

早晨，爸爸将原木条从柱子后面拿走，劳拉惊呆了。在佩特身旁站着一匹长着长腿、长耳朵，晃晃悠悠的小马驹。

劳拉向佩特跑过去，平时很温顺的佩特向后张着耳朵对劳拉咬了咬牙。

"向后退，劳拉！"爸爸大声说。他对佩特说："好了，佩特，你知道没人会伤害你的小马驹。"佩特发出一声微弱的嘶鸣。她允许爸爸抚摸她的小马驹,但不让劳拉或玛丽靠近。即便她们只是透过马厩的墙缝看,佩特都会对她们翻眼睛露牙齿。她们从来没见过耳朵这么长的小马驹。爸爸说这是一头骡子,但劳拉说她看上去像野兔。他们就给马驹取名叫本尼①。

佩特拴在马绳上的时候,本尼在她周围小步跳着走,对这个大千世界表示惊异。劳拉必须仔细看好宝宝凯丽。假如爸爸以外的任何人靠近本尼,佩特就会愤怒地尖叫,会冲过去咬人。

---

① 本尼:原文为"Bunny",有"小兔"之意。

那天周日午后爸爸骑着帕蒂去草原其他地方查看情况。屋子里肉食充足，爸爸就没有带枪。

他们踩着高高的草丛一路沿着河谷的崖壁向前走。鸟儿在他面前飞起来，转个圈，然后又沉没到草里。爸爸一边骑马一边朝河谷底部看；或许他在看下面吃草的鹿群。然后帕蒂开始小跑，爸爸和他的马很快就变成了一个小点。前方只剩下摇曳的草丛。

接近傍晚的时候爸爸还没有回家。妈妈拨了拨火里的煤炭，把木屑撒在上面，开始做晚餐。玛丽在屋子里照顾宝宝，劳拉问妈妈："杰克怎么了？"

杰克前前后后地走着，很担心的样子。他对着风皱皱鼻子，脖颈上的毛竖起来又躺下去，然后又竖起来。佩特的马蹄突然响起来。她拉着拴马绳跑了一圈，然后停下来轻轻地叫了一声。本尼走到她身边。

"怎么了，杰克？"妈妈问道。杰克抬头看看妈妈，但他不会说话。妈妈环顾四周，眺望远处圆环一般的天空和地面。没有看到任何反常的东西。

"应该没什么大事，劳拉。"她说。妈妈铲了一勺咖啡壶和铁蜘蛛四周的煤炭，放在烤箱上。铁蜘蛛上炖着草原山鸡，发出嘶嘶的声音，玉米饼开始飘出香气。但妈妈始终凝视着四周的草原。杰克不安地走来走去，佩特也没有在吃草，她面对着西北方向，就是爸爸离去的方向，让小崽紧紧跟在自己后面。

突然间帕蒂在草原上出现了，朝着我们飞奔而来。她浑身舒展，用尽全力跑着，爸爸俯下身紧贴着马背。

帕蒂飞奔着经过马厩。爸爸拉不住她。他只能使劲拉缰绳，帕蒂几乎要坐下来。她浑身颤抖，黑色的毛皮上沾着许多汗水和白沫。爸爸从马背上跳下来。他也在喘着粗气。

"出什么事了，查尔斯？"妈妈问他。

爸爸朝着河流那边望去，妈妈和劳拉也向那个方向张望。不过她们只能看到河谷上面的天空，一些树木的树梢，还有远处泥土崖壁的顶端，上面长着一些这片高地草原常见的青草。

"你在看什么？"妈妈再一次发问，"你为什么骑着帕蒂跑这么快？"

爸爸长长地出了一口气："我担心狼群会比我先到这里。不过现在看来这里还没出事。"

"狼群！"妈妈叫起来，"什么狼群？"

"没事的，卡洛琳，"爸爸说，"让我先喘口气。"

他休息了一下，然后说："不是我让帕蒂快跑的。我是在尽力拉住她。有五十匹狼，卡洛琳，这是我看到过的最大的狼群。我可不想再经历一回这样的事，给我一台造币机我都不干。"

就在那个时候，太阳落山了，一大片阴影笼罩在草原上，爸爸说："我回头再和你说。"

"我们在屋子里面吃饭。"妈妈说。

"这倒不必，"他说，"杰克会事先提醒我们的。"

他把佩特和小马驹从拴马绳上放下来。他没有像往常那样带佩特和帕蒂去小河那里饮水。他从妈妈的洗衣盆里舀出水来让她们喝。盆里的水一动没动，是第二天早晨洗衣服用的。爸爸给帕蒂清洗了满是汗水的身体，然后让她和佩特、本尼一起到马厩里去。

晚饭准备好了。篝火在黑夜里投射出许多光亮。劳拉和玛丽坐得离火很近，让宝宝凯丽待在她们身边，她们不断向背后张望，看篝火与黑夜的边缘。那里有很多移动的阴影，好像有生命一般。

杰克蹲坐在后腿上，就在劳拉身边。他的耳廓直立起来，听着黑夜里的动静。时不时地也会向黑暗中走几步。他绕着篝火走了一圈，然后回来坐在劳拉身边。他的毛发紧贴着粗壮的脖颈，没有吭声。他露出了一些牙齿，但那是因为他是一条斗牛犬。

劳拉和玛丽品尝着玉米饼和草原山鸡腿，她们听爸爸和妈妈说起狼群的事。

爸爸又找到了几个邻居。越来越多的移居民已经来到这里，在小河两边定居下来。离这里三英里不到的地方，海拔很高的草原上有一个低谷，那里有一个人和妻子盖了一座屋子。他们姓司各特，爸爸说他们很友善。离他们六英里的地方，有两个单身汉住在同一个屋子里。他们已经开辟了两块农田，在中间的分割线上造了一座屋子。一个人的床靠着一面墙，另一个人的床靠着对面的墙，所以他们俩都在自己的农田上睡觉，虽然他们住在同一座屋子里，而屋子只有八英尺①宽。他们在屋子的中间一起下厨和吃饭。

爸爸还没有提到任何有关狼群的事。劳拉希望他能快些说。但她知道爸爸在说话的时候不能打断他。

他说那两个单身汉不知道周围还有人住。除了印第安人，他们还没看到过任何人。所以他们看到爸爸很高兴，他在那里坐的时间就长了一些。

然后他继续向前骑行，从草原上一个微微鼓起的土包上，他看到下面的河谷里有一个白点。他觉得是一辆盖着帆布篷的马车，接近了

---

① 英尺：英制长度单位，1 英尺等于 30.48 厘米。

发现的确如此。他走过去，看到一对夫妻和五个孩子。他们从艾奥瓦州来，现在只能在河谷里露营，因为他们有一匹马生病了。现在这匹马已经好转，但小河附近夜间的空气不好，让他们发起烧来，不断打寒战。这对夫妻和三个较大的孩子已经病到站不起来了，两个和玛丽、劳拉差不多大的年幼的孩子在照顾全家。

爸爸尽力帮他们做了一些事，然后他骑马回到单身汉的地方告诉他们情况。两人中的一个马上就骑马将这家人带到高地草原上，他们有了新鲜空气就会很快康复的。

一件事接着一件事发生，爸爸动身回家的时候已经比预期时间晚了。他骑着帕蒂向前迈开腿跑，抄小路穿过草原。这时突然从一个小溪谷里冒出来一群狼，很快将爸爸包围起来。

"那是很大一群狼，"爸爸说，"总共五十匹。它们是我有生以来看到过的最大的狼，一定是人们说的水牛狼。狼群的头领是一匹个头很大的灰狼，站起来肩膀有三英尺高，还要略高一点。我跟你说，我当时就感觉浑身汗毛都竖起来了。"

"你还没带枪。"妈妈说。

"我想到了。不过我即使带了枪也没用，不可能用一杆枪与五十头狼作战。帕蒂也跑不过它们。"

"那你怎么办？"妈妈问道。

"帕蒂想要跑。我也拼了命想要远离危险。不过我知道如果帕蒂受惊的话，那些狼很快就会扑上来，把我们拖到地上。所以我拉着帕蒂不让她动。"

"天啊，查尔斯！"妈妈屏着气说。

"是的。无论如何我都不想再经历一遍这个危险,卡洛琳。我从来没见过这样的狼。一个大家伙就在我的脚镫旁小跑。我都可以踢到它的肚子。它们完全没有在意我——肯定是刚刚捕猎完,肚子填饱了。我和你说,卡洛琳,那些狼就是围着我和帕蒂跟我们一起小跑。就在大白天里这样跑,就像一群狗陪着马跑一模一样。边跑边跳,彼此扑着玩,和狗一样。"

"天啊,查尔斯!"妈妈又说了一遍。劳拉的心脏怦怦直跳,眼睛和嘴巴都张得滚圆,盯着爸爸。

"帕蒂浑身打着战,想要甩掉马嚼子,"爸爸说,"她的汗水流下来,非常害怕。我也在流汗。不过我还是控制住了她,她开始慢下来,我们就在狼群中向前走。它们和我们一起走了四分之一英里或者更远。那个大家伙一直在我脚镫旁小跑,好像永远也不想离开似的。

"接着我们就来到了一块低地,向下一直通到河谷。灰色的头领向下小跑,整个狼群都跟在它身后。最后一头狼进入低地之后,我就撒手让帕蒂跑起来。

"帕蒂直接往家里跑,一路穿过草原。她跑得可快了,好像我在用一根生皮做的鞭子抽她一样。一路上我都很害怕。我担心狼群也在朝这个方向走,会比我早到。我很高兴枪在你这里,卡洛琳,很高兴屋子造好了。我知道你只要有枪,可以把狼群关在门外。但佩特和小马驹还在外面。"

"你不用担心的,查尔斯,"妈妈说,"我想我会有办法救我们的马。"

"我那时候头脑没有那么清醒,"爸爸说,"我知道你能救我们的马,卡洛琳。那些狼不能拿你怎么样的,不论怎么说。假如它们很饿的话，我就回不到家了——"

"小水壶的耳朵也很大哦。"妈妈说。她的意思是让爸爸不要吓着玛丽和劳拉。

"好吧，结果还是好的，"爸爸回答说，"那些狼现在离这里也有几英里了。"

"它们为什么会那样呢？"劳拉问他。

"我不知道，劳拉，"他说，"我猜想它们刚刚吃了个饱，去小河那里饮水。也可能它们在草原上玩耍，光想着玩，顾不上周围的东西，就像小女孩有时候专心玩耍一样；也可能它们看我没有枪，知道我不会伤害他们；又或者它们从来没见过人，不知道人会对它们有什么坏的影响。所以就没在意我。"

佩特和帕蒂还在马厩里不耐烦地踱步。杰克绕着篝火走，当他停下来嗅空气里的味道并细听远处声音的时候，脖颈上的毛发直立起来。

"睡觉了，孩子们！"妈妈高兴地说。连宝宝凯丽都不觉得困，但妈妈还是把她们都赶进了屋子。她让玛丽和劳拉去睡觉，接着给宝宝凯丽穿好睡衣，把她放在床上。随后妈妈走出屋子去洗碗。劳拉希望爸爸和妈妈都能待在屋子里，此刻他们像是在外面很远的地方。

玛丽和劳拉很听话，睡着不动，但凯丽坐了起来，在黑暗中和自己玩。爸爸的手臂从门口的被子后面伸进来，悄悄地把枪拿走。外面篝火边上，锡盘发出哐哐的声音，接着有一把小刀刮蹭铁蜘蛛的声音。妈妈和爸爸凑在一起交谈，劳拉闻到了烟草的气味。

屋子里很安全，不过爸爸的枪不在房门上方，只有当作门帘的被子，就显得不那么安全。

很长时间之后妈妈掀起了被子。宝宝凯丽这时候已经睡着了。妈妈爸爸悄悄地进来，悄悄地上了床。杰克横躺在门口，不过并没有把脸埋在爪子里。他抬起头听着声音。妈妈轻声地呼吸，爸爸重重地打呼，玛丽也睡着了。但劳拉在黑暗中睁大眼睛望着杰克。她看不清杰克脖颈上的毛发是不是直立着。

突然间劳拉在床上坐起来，她之前已经睡着了。黑夜已经被驱散。月光从窗户洞里倾泻进来，从墙上一丝丝的缝隙里钻进来。爸爸黑黢黢地站在窗口边的月光里，手里端着枪。

劳拉的耳朵里传来一声狼叫。

她一下子从墙边缩回来。狼就在墙的另一边。劳拉害怕极了，不敢发出任何声音。她不只是背脊上感到一阵发凉，她浑身都凉透了。玛丽把被子拉起来盖住自己的头。杰克站在门口的被子旁吼叫了一声，露出牙齿。

"不要动，杰克。"爸爸说道。

屋子里到处回荡着可怕的嚎叫声，劳拉跳下了床。她想要到爸爸那里去，不过她知道自己不应该在这个时候打扰他。他转过头看见她穿着睡衣站在那里。

"想要看看狼吗，劳拉？"他说道，声音很轻。劳拉说不出话，但点了点头，轻轻地走到爸爸身边。爸爸把枪靠在墙上，把她举到窗口旁。

在月光下坐着许多头狼，围成一个半圆。它们蹲坐着，透过窗户看劳拉，劳拉也望着它们。她从没见过这么大的狼，最大的一只比劳拉高，甚至比玛丽还高。它坐在中间，就在劳拉正对面。它所有部位都非常大——尖尖的耳朵，嘴部凸出，舌头露在外面，双肩和双腿都很结实，一边一只爪子，尾巴绕着蹲下的臀部向上卷起，灰色的毛很杂乱，眼睛闪着绿光。

劳拉把脚趾伸到墙上的一个缝隙里，双臂抱着搭在窗台上，她目不转睛地看着那只狼。但她没有将头伸出窗口，那些狼坐在离她非常近的地方，爪子在动，舌头舔着两颊。爸爸坚强地站在她的身后，紧紧抱住她的腰部。

"它个头好大。"劳拉轻轻说。

"是的，看它毛皮多亮，"爸爸对着她的头发说。狼杂乱的毛发上闪烁着月光，勾出狼的轮廓。

"它们已经绕着我们的小屋围成一圈。"爸爸轻轻地耳语。劳拉跟在爸爸身边啪啪地走到另一个窗口。他把枪靠墙放好，又把劳拉举起。不出所料，她又看到围成半圆的狼。所有的眼睛都在小屋的阴影里闪着绿光。劳拉能听到呼吸声。那些狼看到爸爸和劳拉在向外张望，半圆的中心向后退了一点。

佩特和帕蒂在马厩里尖叫奔跑。她们的马蹄重重地捶着地面，敲打着马厩的墙。

过了一会儿，爸爸回到另一边窗户，劳拉也跟着他过去。正巧在这个时候那只大狼抬起头，鼻子指向天空。它张开嘴，对着月亮发出一声长长的嚎叫。

围着屋子的每只狼都抬起头对着天空回应头领。它们的叫声颤抖着飘进小屋，冲进月光，然后在草原上巨大的沉默中缓缓消散。

"好了，回去睡觉吧，小果汁，"爸爸说，"去睡觉。杰克和我会把你们照看好的。"劳拉就回到床上去了，不过很长时间都睡不着。她躺着聆听墙那边狼群的呼吸声。她听到它们的爪子在扒拉地面，鼻子蹭着墙上的裂缝。她又听到了领头大灰狼的嚎叫声和其他狼的应和。

　　与此同时，爸爸悄无声息地从一边窗户走到另一边，杰克在门口悬挂的被子前不停地踱来踱去。狼群只能嚎叫，但只要爸爸和杰克在，它们就进不来。劳拉最终还是入睡了。

CHAPTER 08
两扇结实的门

劳拉感到脸上温柔的暖意，睁开眼看到了早晨的阳光。玛丽在篝火旁和妈妈说话。劳拉跑出门去，睡衣里面什么也没穿。狼都不见了，只在小屋和马厩四周留下了密密麻麻的足迹。

爸爸吹着哨子从沿河的路走过来。他把枪挂在钩子上，让佩特和帕蒂像往常一样去河里饮水。他随着狼的足印走了很长的路，知道它们正在跟踪一个鹿群，已经跑远了。

野马看到狼的足印很害怕，紧张地竖起耳朵，佩特让小马驹紧紧跟着自己。不过她们还是乐意听爸爸的指挥去喝水，爸爸知道现在没有危险了。

早饭已经准备好。爸爸从河边回来的时候她们都已经坐在篝火四周吃煎玉米糊和草原鸡丁做的土豆饼。爸爸说他今天要做一扇门。下次狼来的时候，他希望阻挡它们的不只是一张被子。

"我没有钉子,不过我不能等到下一次去独立镇了,"他说,"造房子可以不用钉子,做门也可以。"

早餐之后他给佩特和帕蒂套上马具,带着斧子去砍伐做门需要的木材。劳拉帮着洗盘子、整理床铺,轮到玛丽照看宝宝。劳拉帮着爸爸做门,玛丽在旁边看着。劳拉把工具递给爸爸。

爸爸用锯子将木材锯成门的长短。他又锯了一些长度更短的木材做门的横木。然后他用斧子将木材劈成一块一块的,再仔细抛光。他将长木条排好放在地上,然后在上面铺上短木条。他用螺旋钻在横木和长木条上钻孔,随后在每一个孔里都插上木楔子。

这样门就做好了。这是一扇很棒的橡木门,结实硬朗。

然后爸爸又剪好三根长带子做门的铰链。一根靠近门的顶端,一根靠近底部,还有一根在中间。

他首先将铰链固定在门上,用的是这个方法:他将一小块木头放在门上,在上面钻一个深入门板里的孔。接着他把一根带子的一头绕这块木头缠上两圈,随后用刀在带子两侧盖住圆孔的地方开了个洞。他重新将缠着带子的木块放回门板上,让打出来的洞对齐。接着,劳拉给爸爸递去一个楔子和榔头,爸爸将楔子敲进洞里去。楔子穿过带子和木块,又穿过另一侧的带子钻到门里。这样带子就固定住了,不会再松掉。

"我和你说过不需要钉子的!"爸爸说。

爸爸把三个铰链固定到门上之后,就把门板放到门框里——大小正合适。然后他用楔子将几根木条固定在门框上,防止门向外掉落。他重新将门放在门框里,让劳拉背靠门站着稳住它,然后把铰链固定到门框上。

不过他在做这件事之前已经做好门闩了，当然是因为必须有个东西能让门保持关闭的状态。

他是这样做门闩的：首先刨一根粗短的橡木。在这根木头的中间凿一个又深又宽的凹槽。他用楔子将这根木头固定在门的里侧，在靠近门边的地方上下固定。他将有凹槽的一边贴住门，这个凹槽就变成了一个门闩孔。

然后爸爸又刨了一根长长的窄木条，它可以轻松地从门闩孔插进去。他将窄木条的一端穿过门闩孔，另一端用楔子固定在门上。

不过他没有固定死。楔子紧紧地嵌入门板，但是窄木条上的洞比楔子要大。将窄木条稳定在门上的唯一东西是那个门闩孔。

这根窄木条就是门闩了。它可以很轻松地在楔子上转动，没有固定的那一端可以在门闩孔里上下移动。而且这端很长，可以穿过门闩孔，经过门与墙之间的缝隙，门关上的时候就紧贴住墙。

爸爸和劳拉已经将门板装进了门框里，爸爸在门闩这头最远可以够到的点上做了一个记号。在这一点上他将一块坚实的橡木固定在墙上。然后将这块橡木的上部内侧挖掉，这样，门闩就可以卡在它和墙中间了。

现在劳拉将门关上，推门的时候她抬起门闩没固定的一头，抬到门闩孔最高处，然后让门闩落下，落在那块橡木后面。这样门闩就紧贴住墙，那块橡木可以将门闩固定在门上。

如果任何人想要闯入，就只能将坚固的门闩折断。

不过他们也必须想出一个从外面打开门闩的方法。因此爸爸就做了一根门闩链。他从一根很好的皮革上剪下一长条。他将皮革一头系在门闩上，就在楔子和门闩孔之间。在门闩上方，他在门板上钻了一个小孔，然后将门闩链的另一头从孔里伸出去。

劳拉站在外面，当门闩链从孔里伸出来的时候她用手抓住向外拉。她使劲拉就能将门闩拉起来，开门进屋。

门就这样做好了。很坚硬很紧实，竖门板与横木条都是厚橡木做的，用粗壮的木楔子组装在一起。门闩链拖在门外面，假如想进门的话，就拉一下门闩链。不过，假如你在屋子里面想要挡住外面的人，那你就把门闩绳从小孔里拉回来，这样就没人能进来了。门上没有把手，没有钥匙孔，也没有钥匙。不过仍然是一扇很好的门。

"我觉得今天的劳动很有成效！"爸爸说，"我有一个很称手的小帮手！"

他用手搂了搂劳拉的头。然后他将工具收起来放好，吹着哨子把佩特和帕蒂从拴马绳上解开，带她们去喝水。太阳正在落下，晚风微凉，火上煮着晚餐，散发出劳拉闻到过的最美的香味。

晚餐有咸猪肉。这是他们存下的最后一点咸猪肉了，所以第二天爸爸就去打猎。再后来的一天他和玛丽把马厩的门做好了。

马厩的门与小木屋的门是完全一样的，不过没有门闩。佩特和帕蒂不明白门闩的事，夜里也不可能把门闩绳拉进来。所以爸爸在门上钻了一个洞，把一根链条从洞里穿进去。

晚上他会拉起这根链条的一端，从马厩墙的木头之间穿过去，然后他会将链条的两端锁在一起。这样就没有谁可以闯进马厩了。

"我们大功告成了！"爸爸说。周围邻居开始多起来的时候，晚间最好将马关好，因为只要有鹿的地方就会有狼，只要有马的地方就会有盗马贼。

那天晚上晚餐后,爸爸对妈妈说:"好了,卡洛琳,等我帮爱德华兹造好他的房子,就可以给你造一个壁炉,你就能在屋子里烹饪了,不用再担心大风和暴雨。我好像从没见过阳光这么充足的地方,不过我想总会下雨的。"

"好的,查尔斯,"妈妈说,"这个世界的好天气总不会长久。"

CHAPTER 09

壁炉里的火

在小屋外面,靠近门对面的木墙的地方,爸爸拔除青草将地面刮平整。他正在为打造壁炉做准备。

然后他和妈妈将马车车身重新安到轮子上,把佩特和帕蒂套在车上。

太阳在上升,让影子变得更短。几百只草地云雀从草原上飞起来,一边歌唱一边越飞越高。它们的歌声从辽阔清澈的空中洒落,像一阵音符雨。整个草原上,青草摇曳着在风里发出嗡嗡的声音,成千上万只不知名的小鸟用微小的脚爪抓住正在开花的野草,唱着成千上万支欢歌。

佩特和帕蒂吸着风中的香气开心地嘶叫。她们弯下脖颈扒拉着地面,急着想出发。爸爸吹着哨子爬上马车座椅,拿起缰绳。然后他向下看了看,劳拉正抬头看着爸爸。爸爸停止吹哨,说道:"想要去吗,劳拉,你和玛丽?"

妈妈说她们可以一起去。她们就用赤裸的脚趾抓住轮辐，从车轮爬上去，然后坐在爸爸旁边高高的马车座椅里。佩特和帕蒂起步的时候微微跳起，马车就开始颤巍巍地沿着爸爸之前留下的辙迹向前走。

他们在两侧光秃的红黄色土崖间向下走。土崖壁上很不平整，有许多过去雨水留下的痕迹。然后他们继续向前，穿过起伏的河谷地带。大片的树木覆盖着有些低矮的山丘，还有些山丘上长着青草，非常开阔。有些鹿躺在树下的绿荫里，也有些鹿在洒满阳光的绿草地上吃草，它们抬起头竖起耳朵，站在那里一边嚼着草一边用温和的大眼睛注视着马车。

一路上有许多飞燕草盛开着粉色、蓝色和白色的花，鸟儿在鼠尾草黄色的枝叶上锻炼平衡，蝴蝶四下翻飞。星星般的雏菊点亮树下的阴影，松鼠在头上的树枝间叽叽喳喳叫唤，长着白色尾巴的兔子不断向前蹦跳，还有蛇听到马车路过的声音，便飞快地扭动身子穿过马路。

一条河流在河谷深处流淌，土崖在河面上投下阴影。劳拉抬头看了看崖壁，但看不到任何草原上的青草。土崖上有些泥土已经坍塌，但仍然有树木生长，有些地方光秃的崖壁十分陡峭，灌木丛的根系拼命攀附在上面。这些根有一半裸露在外面，高高地悬在劳拉的头顶上方。

"印第安人的营寨在什么地方？"劳拉问爸爸。爸爸在这两边土崖壁之间看到过被遗弃的印第安人营寨，不过他太忙了，顾不上指出来给劳拉看。他必须采集足够的岩石来造一个壁炉。

"你们女孩子可以玩耍，"他说，"但不要走出我的视线，不要到水里去。不要玩蛇——这里有些蛇是有毒的。"

劳拉和玛丽就在小河边上玩耍，爸爸去采掘需要的岩石，把石料装到马车上。

她们看着长腿的水蜢在玻璃般静止的水面上滑行；她们沿着河岸奔跑吓唬青蛙，看到披着绿衣和白马甲的青蛙扑通跳到水里去，就哈哈大笑；她们听着满树林斑尾林鸽的呼叫声和褐鸫的歌唱声；她们在河水清浅的地方看到许多小米诺鱼，米诺鱼在波光粼粼的水里游动，好像许多灰色的阴影，偶尔会有一条小米诺鱼在阳光里闪动自己银白色的肚皮。

河边没有风。空气静止，温暖而催人入眠。空气中有潮湿的泥土和树根的气息，也有很多树叶沙沙摇动和河水汨汨流动的声音。

河边有些地方泥土很软，走过的鹿留下了很深的足印。每个足印里都盛着水，水面上嗡的一下腾起很多蚊子。劳拉和玛丽用手去拍脸上、脖子上、手上和脚上的蚊子。她们希望自己可以下河蹚水。她们浑身发热，而河水看上去很凉快。劳拉觉得假如伸一只脚进河里肯定没事的，正好这时爸爸转过身来，看到劳拉险些要伸出脚去。

"劳拉。"爸爸说。她赶紧将淘气的脚缩回来。

"假如你们俩想要蹚水，"爸爸说，"你们可以去河水浅的地方。如果水漫过你们的脚踝，就不能进去。"

玛丽就蹚了一小会儿水。她说河底的砂石很硌脚，就走过去坐在一根木头上，耐心地拍打身上的蚊子。但劳拉一边拍打蚊子一边继续向前蹚水。她走起来的时候，砂石也一样硌脚，她停下的时候，小米诺鱼在她的脚趾边游动，用微小的嘴咬她的脚。这种感觉很有趣，让人痒痒的。劳拉试着抓住一条米诺鱼，却抓不住，只是将裙边弄湿了。

这时候马车已经装满了石料。爸爸叫她们过去:"到这里来,孩子们!"她们就爬上马车座椅,从河边离开。他们一起走上返程,向上穿过树林和山丘,回到高高的草原上。这里总是风很大,青草不停地歌唱,轻声呢喃,开怀大笑。

他们在河谷里度过了很开心的时光。但劳拉还是最喜欢海拔很高的草原。草原是这么宽广,这么甘甜和清爽。

那天下午妈妈坐在木屋旁阴凉的地方做织补,宝宝凯丽在她身边的被子上玩耍,劳拉和玛丽看着爸爸造壁炉。

爸爸先在野马喝水用的水桶里,用泥土和水搅拌成一堆漂亮的厚泥浆。他让劳拉搅拌泥浆,自己在屋子墙边那个预先留好的长方形空地上砌一排石块。然后他用一把木头做的水泥刀将泥浆糊在石头上。然后他在泥浆里垒起新的一层石块,在这层石块的上面、下面和里面糊上更多泥浆。

爸爸在地上围了一个长方形,三边用岩石和泥土垒起,另一边就是屋子的墙面。

爸爸一层层垒起岩石和泥浆,壁炉的三面墙已经垒到劳拉的下巴了。随后他在这三面墙紧靠屋子的地方横放了一根原木,在原木上也涂满泥浆。

接着,爸爸在这根原木上继续垒岩石和泥浆。他现在做的是烟囱,越往上越窄小。

他不得不再到河边去运更多岩石。劳拉

和玛丽不能跟他一起去，因为妈妈说那里空气潮湿，会让她们发烧的。玛丽坐在妈妈身边一起缝一条由九块布料拼成的被子，而劳拉又调了一桶泥浆。

第二天爸爸把烟囱造得与屋子的墙一样高，然后他站着打量这根烟囱，用手拨弄了一下头发。

"你看上去像一个野人，查尔斯，"妈妈说道，"你把头发都弄得竖起来了。"

"它本来就是竖着的，卡洛琳，"爸爸回答，"我当年追你的时候，头发就一直弄不平，不管我抹多少熊脂。"

爸爸在妈妈脚边上的草地上躺下来："我可累坏了，要把石料送这么高。"

"你一个人能把烟囱造这么高太不简单了，"妈妈用手梳了梳爸爸的头发，它竖得更高了，"你为什么不用木条和泥巴做烟囱剩下的部分？"她问爸爸。

"嗯，那会轻松些，"他承认，"假如我不听你的就是我的错了。"

他跳起来。妈妈说："在树荫里休息一会儿。"但他摇了摇头。

"还有很多活要干呢，躺在这里顶什么用，卡洛琳。我快点把壁炉弄好，你就可以在屋里烧饭了，不用再在外面吹冷风。"

爸爸从树林里拉来一些细小的树干，他把它们凿好凹槽，垒在石头做的烟囱上，就像屋子的墙一样。他一边垒，一边糊上泥浆。这样烟囱就做好了。

然后爸爸走进屋子，用斧头和锯子在墙上开了一个洞，就在烟炉底部位置。这样壁炉就完成了。

壁炉很大，足够劳拉、玛丽和宝宝凯丽坐在里面了。壁炉底部是爸爸拔除了青草的空地，前面是砍掉了一部分木墙的地方。壁炉顶是那根糊上了很多泥的原木。

在原木两端，爸爸用楔子固定好一大块橡木板。壁炉上方的两侧，爸爸也在墙上安上了厚实的橡木托，在上面放了一块橡木板，用楔子牢牢固定住。这就是壁炉台了。

做完之后，妈妈马上在壁炉台中间放上她在大树林里买的小妇人

瓷像。这个小瓷像从大树林一路带过来，居然没有碎。它站在壁炉台上，穿着小小的瓷鞋子、宽大的瓷裙子和紧身的瓷胸衣，它粉色的脸颊、蓝色眼睛和金色头发也都是瓷做的。

然后爸爸妈妈和劳拉站着欣赏壁炉，只有凯丽毫不在乎。她指着那个小瓷像叫唤，妈妈和劳拉告诉她只有妈妈可以碰它。

"你生火的时候要小心，卡洛琳，"爸爸说道，"我们可不要让火星沿着烟囱蹿上去点燃屋顶。那块帆布很容易着火。我会尽快劈一些木材做屋顶，这样你就不用担心了。"

妈妈小心地在新壁炉里生起了火，在里面烤了一只草原鸡做晚餐。那天晚上他们都在屋里吃晚饭。

他们坐在桌子旁，就在西边的窗户边上。爸爸很快地用两块橡木板做了一个桌子。木板的一边插到墙的缝隙里，另一边搁在短短的桌腿上。爸爸用斧子给桌面抛光，妈妈在上面铺上一块布，桌子就很像样了。

他们的椅子就是大原木桩。屋子的泥土地面被妈妈用柳条扫帚扫得很干净。床放在屋子角落的地上，上面铺着拼接被。落日的余晖从窗户里照进来，整个屋子洒满金色的光辉。

屋子外面狂风大作，野草漫卷，从屋子外面延伸到粉色的天际。

屋子里面非常欢乐。烤好的鸡在劳拉的嘴里淌出很多汁液。她已经洗过手和脸，头发也梳好，脖子上整齐地围好餐巾纸。她在原木桩椅子上坐直身子，按照妈妈教她的样子礼貌地使用刀叉。她什么也没说，因为孩子不能在餐桌上说话，除非有人对她们说话。不过她看着爸爸、妈妈、玛丽和宝宝凯丽，感到很满足。能住在屋子里真是幸福。

CHAPTER 10

屋顶和地板

每天劳拉和玛丽都从早忙到晚。盘子洗好，床铺好之后，有很多事情可以做、可以看、可以听。

她们在高高的草丛里找鸟巢，找到的时候会看到鸟妈妈尖叫着责备她们。有时候她们会轻轻地碰一下鸟巢，一瞬间一窝睡意沉沉的鸟儿立刻张开嘴，发出饥饿的叽叽喳喳声。然后鸟妈妈便厉声斥责，这时玛丽和劳拉会马上离开，不让鸟妈妈太担心。

她们也会像小耗子那样静静地躺在高高的草丛里，看着一群群小草原鸡跑来跑去到处啄食，而它们羽毛柔顺的棕黄色鸡妈妈在中间发出焦急的咕咕声。她们也会看到长着条纹的蛇在草丛里滑动或躺着不动，只有发光的眼睛露出生气。这些都是体型比较大的蛇，不会伤害任何人，不过劳拉和玛丽还是不敢碰它们。妈妈说看到蛇最好不要去惹，有些蛇会咬人，还是安全第一。

有时候她们会看到一只灰色的大兔子，静静地躺在光影斑驳的草丛里，你快要碰到它的时候才会看见。这时，假如你保持安静，就可以盯着它看很长时间。它用圆圆的眼睛凝视你，没有任何意图。它扭扭鼻子，玫瑰色的阳光透过他的耳朵，照亮耳朵上很细的血管和耳朵外侧很短的软毛。灰兔身上其他部位的皮毛很厚很软，最后你忍不住试着小心地抚摸它。这么一来，它就会飞快地逃跑，身后空地上的草已经被坐平，还残存着它臀部留下的温度。

当然，劳拉和玛丽一边玩耍一边要照顾宝宝凯丽，除了下午睡觉的时候。凯丽睡着了，她们两人就可以坐着沐浴在阳光和微风里，劳拉都会忘记宝宝在睡觉。她会蹦蹦跳跳大声叫唤，直到妈妈走到门口说："天啊，劳拉，你一定要像印第安人那样大叫大嚷吗？我可警告你们，你们马上就会和印第安人一模一样了！我一直教你们戴好遮阳帽，你们为什么总是不听？"

爸爸正站在木屋围墙的顶上准备建一个屋顶。他向下看着她们哈哈大笑。

"一个印第安人，两个印第安人，三个印第安人，"他轻轻地唱起歌来，"不对，只有两个。"

"还有你啊，一共有三个，"玛丽对爸爸说，"你也已经晒焦了。"

"不过你并不是很小，爸爸。"劳拉说，"爸爸，我们什么时候才能看到一个印第安宝宝？"

"老天！"妈妈叫起来，"你为什么要看印第安宝宝？戴上遮阳帽，快点，不要再胡说了。"

劳拉的遮阳帽在她背上垂下来。她抓住帽子的系绳向上提，遮住两颊和头部。戴上遮阳帽之后，劳拉就只能看到前方了，这就是为什么她总是要将帽子推到背后，吊在她脖子上。她听妈妈的话戴上了遮阳帽，不过并没有忘记印第安宝宝的事。

这是印第安地区，不过不知为何她一直没见过印第安人。她知道自己会看到他们。爸爸这么说的，但她已经有点等得不耐烦了。

爸爸已经将帆布屋顶取下来，现在可以将新屋顶盖上了。他已经花了很多天把原木从河谷运回家，然后将它们劈成长长的薄木板。木屋四周堆着很多木板，也有很多木板靠墙立着。

"到屋子外面来，卡洛琳，"他说，"我可不想让任何东西掉在你或是凯丽身上。"

"等会儿，查尔斯，我先要将瓷牧羊女放好。"妈妈回答说。她转眼就出了屋子，带着一条被子和缝制工具，还有宝宝凯丽。妈妈把被子铺在马厩旁阴凉的草坪上，坐在那里一边缝被子一边看着宝宝凯丽玩耍。

爸爸向下伸出手拉起一块木板。他把木板铺在已经用木条搭好的屋顶椽子上。木板两端都超出了小屋的墙壁。随后爸爸把几颗钉子咬在嘴里，把榔头从皮带里抽出来，开始将木板钉牢在椽子上。

钉子是爱德华兹先生借给爸爸的。他们是在树林里伐木的时候遇到的，爱德华兹先生坚持让爸先借钉子做屋顶。

"这就叫一个好邻居！"爸爸告诉妈妈的时候这样评价道。

"是的，"妈妈说，"不过我不想欠人人情，即使最好的邻居也不行。"

"我也不想，"爸爸回答说，"我从来没有亏欠过任何人，永远也不

会。不过邻居情谊还是要的,我会尽快去一次独立镇,然后马上把钉子还给他的。"

爸爸现在仔细地把钉子一根根从嘴里拿出来,梆梆地用榔头把它们钉到木板里去。钉钉子的速度,比钻洞、做楔子后,再将楔子敲到洞里去要快多了。不过时不时地,爸爸用榔头敲打钉子的时候,钉子会从坚硬的橡木上弹出去。假如爸爸抓得不牢的话,钉子就会飞出去。

玛丽和劳拉看到钉子掉下来,就在草丛里寻找。有时候找到的钉子已经变弯。然后爸爸再小心地将它敲直。浪费或丢失钉子都是很不应该的。

爸爸固定好两块木板后,他就可以站在木板上了。他又铺好并钉上更多的木板,一直铺到最上面的一根橼子。每一块木板的边缘都盖住下面的一块木板。

然后爸爸再从房子的另一边开始,把另一半屋顶铺好。最高的两块木板之间有一道缝隙。爸爸就做了一个由两块木板构成的凹槽,将它倒过来牢牢地钉在这条缝隙之上。

屋顶就做好了。现在屋子里比之前要暗一些,没有光从木板缝里透进来,也不会有一丝缝隙让雨水渗进来。

"你的手艺太棒了,查尔斯,"妈妈说,"头上有片屋顶,我很感恩。"

"你还会有家具的,我能做最棒的家具,"爸爸回答,"地板铺好之后我会尽快做一个床架子。"

他又开始运原木,一天一天地运来原木,打猎的时候也不中断搬运木材。他把枪放在马车上，晚上回家的时候把猎到的猎物都带了回来。

爸爸觉得运回的原木足够做地板了，就开始劈木材。每一块木材都从中间一分为二。劳拉喜欢坐在木材堆上看着他。

首先，爸爸使劲挥动斧子将木材的底部劈开，再将一个铁楔子较薄的一头推进这个裂缝。然后他拔出斧子，把楔子往裂缝里敲打，坚硬的木材就向下裂开。

爸爸要与整个橡木树干作战。他挥起斧子向裂缝里砍。他将一块块木材填在裂缝里，将铁楔子继续向木材下端推。他就这样一点点撕开裂缝。

爸爸高高举起斧子，拼命地向下挥舞，从胸膛里发出"嘿"的助威声。斧子发出尖啸声，砰地落在木头上。它总是准确地击中目标。

最后，整根原木裂开了，发出咔咔的声音。两半部分躺在地上，显露出树干中间的浅色部分，还有上面的深色条纹。然后爸爸擦去额上的汗珠，又一次抓紧斧子，开始对付另一根原木。

有一天终于劈好了所有的木材，第二天早晨爸爸就开始铺地板。他把木材拖到屋子里一根一根铺好，平整的一面朝上。他用铁锹铲下面的泥地，将木材圆的一边牢牢地埋在土里。他又用斧子将原木边缘的树皮切掉，让每一根原木边际平整，与旁边的一根牢牢吻合，当中看不到一条缝隙。

然后爸爸手中握着斧柄，小心翼翼地将木地板刨光滑。他在地板旁边眯起眼睛，查看表面是否平整。他又在几处加了一下工。最后，他用手抚摸地板光滑的表面，点了点头。

"一丝裂缝都没有！"他说，"小孩可以赤脚在上面走来走去。"

爸爸将这根木头留在原地，又拉另一根进屋。

地板铺到壁炉跟前的时候，爸爸开始使用更短的原木。他在壁炉前的一小块地上什么也不铺，这样如果有火星或煤渣从火里蹦出来，也不会把地板烧焦。

终于有一天，地板铺好了。地板非常光滑，木质坚硬，橡木地板很牢靠，爸爸说可以永远不用操心。

"实木地板是无与伦比的。"爸爸说。妈妈说她很高兴不用再站在泥地上。她把瓷牧羊女重新放回壁炉台上，在桌面上铺上一块红格子桌布。

"好了，"妈妈说，"现在我们又住得像文明人了。"

这之后爸爸把墙上的缝隙填满。他把细木条塞到墙上，用泥浆仔细糊上去，堵住每一个孔。

"做得好，"妈妈说，"堵住这些缝，风就进不来了，不管多大的风。"

爸爸停止口哨，对妈妈微笑。他把最后剩下的一点泥浆填在原木之间，弄平整后就放下了水桶。木屋终于一切就绪。

"要是我们有玻璃做窗户就完美了。"爸爸说道。

"我们不需要玻璃，查尔斯。"妈妈说。

"没关系，假如我今年冬天捕猎顺利的话，明年春天我就去独立镇买些玻璃来，"爸爸说道，"我才不在乎花多少钱！"

"假如我们有钱的话玻璃窗当然好，"妈妈说，"不过我们还是走一步看一步。"

那天晚上他们都感觉很幸福。壁炉里的火很温馨，在高高的草原上，即便是夏天晚上都很凉。红格子布铺在桌上，瓷牧羊女在壁炉台上发出光芒,新做的地板在闪烁的萤火中变得金黄。外面,夜空广阔,织满星星。爸爸在门道里坐了很长时间,边拉提琴边对着屋里的妈妈、玛丽、劳拉和屋外的星空歌唱。

CHAPTER 11
印第安人造访

一天清晨，爸爸拿着枪去打猎。

那天，他原本想要搭一个床架。他拉着木材回家的时候，妈妈说他们的肉吃光了。爸爸就将木材靠墙放好，取下了自己的枪。

杰克也想去打猎。他的眼睛在祈求爸爸带上他，胸膛和颤抖的嗓子里都发出哀求的哭声，劳拉也忍不住和他一起哭出来。但爸爸还是将杰克拴在了马厩上。

"不行，杰克，"爸爸说，"你必须待在这里守卫这个地方。"然后他对玛丽和劳拉说："不能解开他的铁链，孩子们。"

可怜的杰克只能躺下来。被拴起来是一种耻辱，杰克受伤很深。爸爸肩上扛着枪向远处走去，杰克转过头不去看他。爸爸越走越远，草原不久就把他吞没，看不到他身影了。

劳拉试着安慰杰克，但他不愿被安慰。他越想着铁链，就越是难过。劳拉想要让他开心，起身奔跑玩耍，但杰克愈发沉下脸。

玛丽和劳拉都觉得杰克伤心的时候不能离开他。整个上午她们都待在马厩旁。她们抚摸杰克头上光滑有条纹的毛，告诉他看到他被铁链拴着很难过。他略微舔了舔她们的手，但仍然在赌气伤心。

劳拉对杰克说话，让他把头靠在自己的膝盖上，这时他突然站起来发出一声凶狠低沉的吼叫声。脖颈上的毛发竖起来，眼睛变得通红。

劳拉感到很害怕。杰克从来没对她怒吼过。随后她转过头来，朝杰克视线的方向看去，看到了两个赤裸的野人向她走来，一前一后，从印第安人的小径上走过来。

"玛丽，快看！"她大叫起来。玛丽也看到了他们。

他们长得很高很瘦，样貌凶恶。他们的皮肤是棕红色的，头上似乎顶着一座山峰，那是一簇耸起的头发，上面插着羽毛。

他们越走越近。随后就不见了，走到屋子另一边去了。

劳拉和玛丽都转过头去，她们望着屋子的另一头，等着这两个可怕的人经过屋子后离开。

"印第安人！"玛丽轻轻说道。劳拉在颤抖，她身上有种奇怪的感觉，两条腿发软。她想要坐下，但是仍然站着张望，等他们从屋子旁边经过。印第安人没有出现。

杰克连续叫个不停。此刻他停止吼叫，开始甩动身后的链条。他双眼发红，向后抿嘴，背上所有的毛发都竖起来。他一次次从地上跳起来，想要挣脱链条。劳拉很高兴链条拴住了杰克，让他不能冲出去。

"杰克在这儿,"她小声对玛丽说,"杰克不会让他们来伤害我们的。我们待在杰克旁边就安全了。"

"他们到屋子里去了,"玛丽小声说,"他们在屋子里和妈妈、凯丽在一起。"

这时劳拉开始浑身颤抖。她知道自己必须做些什么。她不知道印第安人会对妈妈和宝宝凯丽做什么。房子里没有任何声音。

"啊,他们在对妈妈做什么!"她尖叫起来,压住声音。

"我不知道啊!"玛丽压着嗓音说。

"我要放开杰克,"劳拉嘶哑地说,"杰克会杀死他们的。"

"爸爸说不行。"玛丽回答道。她们太害怕,说不出话来。她们头靠着头,盯着屋子看,小声说着话。

"但他不知道印第安人会来啊。"劳拉说。

"他说不要放开杰克。"玛丽几乎哭出来了。

劳拉想着宝宝凯丽和妈妈,和印第安人一起关在屋子里。她说:"我要去帮妈妈!"

她跑了两步,走了一步,然后转身飞奔回杰克这里。她拼命地抓住他,抱着他喘着粗气的粗脖子。杰克不会让任何东西伤害她。

"我们不能让妈妈单独在里面。"玛丽轻轻地说。她站着浑身颤抖。玛丽恐惧的时候就只能站着不动。

劳拉把脸埋在杰克身上,牢牢地抓住他。

然后她放开了手臂。她将两只手握成拳头,闭上双眼,以最快的速度跑到了屋子跟前。

她绊了一下摔倒了,就猛地睁开眼睛,还不等自己思考就起身继续跑。玛丽紧紧跟在她身后。她们走到门前。门开着,她们悄悄地溜到屋子里。

裸着身子的野人站在壁炉边上。妈妈弯着腰在火上煮着什么。凯丽的两只手抓着妈妈的裙子，她的头藏在裙子的皱褶里。

劳拉朝妈妈跑过去，她刚刚跑到壁炉前就闻到一股可怕的味道，她抬头看了看印第安人，然后她飞快地藏在了靠在墙上的木板后面。

木板恰好可以遮住她的双眼。假如她的头保持完全静止，将鼻子按在木板上，她就看不到印第安人了。这样就感觉安全些。但她忍不住微微动了动头，让一只眼睛可以向外张望，看到野人。

首先她看到的是皮革做的软皮鞋，然后看到他们细长裸露棕红色的腿。一直向上看。两个人的腰上都围着一条皮制的围裤，毛茸茸的小动物皮从前面垂下来。皮毛上有黑白条纹，现在劳拉知道刚才的味道从哪儿来的了。这块毛皮是新鲜的臭鼬皮。他们佩戴着一把和爸爸一样的猎刀，一把和爸爸一样的斧子，都插在臭鼬皮里。印第安人的肋骨在他们裸露的身体上一根根凸出来。他们的手臂抱在胸前。最后劳拉又一次看到他们的脸，马上就缩到木板后面去。

他们的脸看上去很大胆很凶猛，也很恐怖。他们的黑色眼睛发着光。他们的额头上方和耳朵上方与一般人不一样，没有头发。但头顶上直直地竖着一簇头发。这簇头发用绳子捆起来，上面插着羽毛。

劳拉从木板后面重新探出头的时候，两个印第安人都在盯着她看。她的心脏一下子跳到嗓子眼，怦怦地几乎让她无法喘气。两只黑色的眼睛向她的眼睛放出光芒。印第安人没有动，脸上任何一条肌肉都纹丝不动。只有他的眼睛在发亮，对着她放光。劳拉也没有动。她甚至不能呼吸。

一个印第安人的嗓子发出两声短促粗粝的声音，另一个印第安人

也发出一个声音，类似"哈"。劳拉又把眼睛藏在了木板后面。

她听到妈妈取下烤箱盖子。她听到印第安人在壁炉前蹲下来。过了一会儿她听到他们开始吃饭。

劳拉瞥了一眼，藏起来，又瞥一眼，印第安人正在吃妈妈煮的玉米饼。他们吃完最后一口，还从壁炉地板上捡起碎屑。妈妈站在一旁看着他们，轻轻拍着宝宝凯丽的头。玛丽就站在妈妈身边，拉着她的袖子。

劳拉听到杰克的链条在远处晃动了一下。杰克还在想法挣脱。

玉米饼全都吃完后，印第安人就站起身来。他们走动起来，臭鼬的味道更浓烈了。他们其中一人的嗓子里发出了一个粗粝的声音。妈妈睁大眼睛看着他，什么话也没说。一个印第安人转过身来，另一个印第安人也同样转身，他们迈开步子向门口走去。他们的脚步几乎没有声响。

妈妈长长地舒了一口气。她一只手紧紧搂住劳拉，一只手紧紧搂住玛丽。她们透过窗户望着这两个印第安人离开，一前一后地走在通往西方的昏暗小径上。然后妈妈坐到床上更紧地抱住劳拉和玛丽，浑身颤抖。妈妈看上去不太对劲。

"你感觉不舒服吗，妈妈？"玛丽问她。

"没事，"妈妈说，"我就是很欣慰他们离开了。"

劳拉皱起鼻子说："他们真难闻。"

"那是因为他们围着臭鼬皮。"妈妈说道。

然后她们告诉妈妈，她们让杰克留在屋子外面，自己跑了进来，因为很担心印第安人会伤害妈妈和宝宝凯丽。妈妈说她们是非常勇敢的小丫头。

"现在我们要午餐了，"她说，"爸爸很快会回家的，我们要给他做好午餐。玛丽，拿一些木材进来。劳拉，你把桌子铺好。"

妈妈卷起袖子，洗了洗手，然后开始拌玉米面。玛丽把木材拿进来，劳拉铺好了桌子。劳拉为爸爸放好锡做的盘子、刀叉和水杯，然后为妈妈放好餐具，把凯丽的小杯子放在妈妈的旁边，然后再给自己和玛丽放好餐具，她们两人共用的杯子放在盘子之间。

妈妈把和好的玉米面捏成两个面团，每一个面团都是半圆状的。她将两个面团并排放在烤炉里，将手在面团上压了一压。爸爸总是说面包上留着妈妈的手印，他就不需要任何甜味剂了。

劳拉刚刚铺好桌子爸爸就回家了。他把一只大野兔和两只草原山鸡放在门外，走进屋来把枪重新挂在钩子上。劳拉和玛丽跑过去抓住爸爸，一起开始说话。

"怎么回事？怎么回事？"爸爸说，揉了揉她们的头发，"印第安人？你们终于看到印第安人了，对吗，劳拉？我注意到他们在这里西边的一个小山谷里有营地。印第安人到我们小屋来了吗，卡洛琳？"

"是的，查尔斯，有两个，"妈妈说，"抱歉，他们把你的烟草都拿走了，吃了好多玉米面包。他们指着玉米面让我做面包。我不敢不给他们做。查尔斯，我当时可害怕了！"

"你做得对，"爸爸告诉她，"我们不想与印第安人结仇。"然后他说："哇，有股好浓的味道。"

"他们穿着新鲜的臭鼬皮，"妈妈说，"其他什么也没穿。"

"他们在这儿的时候，味道肯定更浓烈。"爸爸说。

"是的,查尔斯。我们也没多少玉米面。"

"没关系。我们的玉米面还能撑一阵子。遍地都是野味。不用担心,卡洛琳。"

"但他们把你的烟草都拿走了。"

"没事,"爸爸说道,"我暂时不抽烟了,回头去独立镇的时候再买。我们可不想有一天半夜起来看到一群尖叫的恶……"

爸爸没说完。劳拉很害怕,想知道爸爸接下去准备说什么。但妈妈紧紧抿起嘴唇,对爸爸轻轻摇了摇头。

"过来,玛丽和劳拉!"爸爸说,"我们来剥兔子皮,给草原山鸡上料,趁玉米面包还在烤炉里。快点!我可是饿得像一头狼!"

她们坐在露天的木材堆上,在微风和阳光里看着爸爸用猎刀干活。大野兔的一只眼睛被打穿了,草原山鸡的头已经被打掉了。爸爸说它们永远都不知道是什么打中了它们。

劳拉抓住兔子皮一端,爸爸便用尖利的猎刀把皮从兔子身上剥下来。"我会用盐揉一揉这张皮,把它挂在墙上晾干,"他说,"这张皮可以做一顶很暖和的帽子,明年冬天可以让我的姑娘们戴上。"

但劳拉还是没法忘记印第安人。她对爸爸说假如她们放开杰克,他会将印第安人活活吃掉。

爸爸把刀放下来。"你们两个姑娘真的想到过要放开杰克？"他问道，声音让人害怕。

劳拉低下了头，轻轻回了一声："是的，爸爸。"

"而且我还告诉你们不要放开？"爸爸说，声音更加可怕。

劳拉说不出话来，玛丽哑着嗓子说："是的，爸爸。"

爸爸沉默了一阵，然后长长叹了一口气，好像印第安人走的时候妈妈舒了一口气一样。

"从今以后，"爸爸的声音非常威严，"你们两人要记住，一切事都要听我的话。不允许你们再违反我的规定。听到了没有？"

"听到了爸爸。"劳拉和玛丽小声说。

"你们知道假如放开杰克会发生什么吗？"爸爸问她们。

"不知道，爸爸。"她们小声说。

"他会去咬那两个印第安人，"爸爸说，"然后我们就麻烦了，很大的麻烦。你们明白吗？"

"明白，爸爸。"她们说。但实际上她们并不明白。

"他们会把杰克打死吗？"劳拉问他。

"是的。但这不是最糟的。你们两人要记住：听从命令，不管发生什么。"

"好的，爸爸。"劳拉说。玛丽也说："好的，爸爸。"她们很高兴没有解开杰克的链条。

"听从命令，"爸爸说，"你们就不会出事。"

CHAPTER 12

新鲜的饮用水

爸爸把床架子做好了。

他抛光了橡木条，刨去上面所有的木刺。然后他用楔子把木条牢牢地榫合在一起。他用四块木板做成一个架子，在上面铺上稻草。在木板下面，爸爸绷上一根绳子，从一边拉到另一边绕几个弯，然后收紧。

爸爸把床架的一边牢牢地用楔子固定在一个墙角里。只有床的一角没有靠在墙上。在这一角，爸爸立起了一块很高的木板，他将这块木板用楔子固定在床架子上。然后他举起双手，在指尖够到的地方将两块橡木板固定在墙上，一头与高木板连接在一起。然后他爬到这两块木板上，将高木板的顶端固定在一个橡子上。他在橡木板上搁上一块顶板，就在床的上方。

"弄好了，卡洛琳！"他说。

"我等不及把床全部弄好了，"妈妈说，"帮我把稻草搬进来吧。"

那天早上，妈妈已经准备了很多稻草。草原上其实没有稻草，妈妈就用干燥、洁净的枯草来替代。这些干草还带着外面阳光的温暖，带着甜甜的青草味。爸爸帮妈妈把干草搬到屋子里，放在床架上。妈妈把床单铺上掖好，在上面铺上最漂亮的拼接被。在床的一头，她竖着放上几个鹅毛枕头，盖上枕套。每一个枕套上都绣着两只镶着红线的小鸟。

然后爸爸妈妈、劳拉和玛丽站着凝视这张床。这是一张很好的床。底下网状的绷绳比地面要柔软。丰润的干草床垫气味香甜，被子铺得很平，漂亮的枕套优雅地站立着。床顶板上可以储藏东西。有了这张床，整个屋子都换了样子。

那天晚上妈妈上床钻进咔咔作响的干草堆，对爸爸说："我必须说，这张床太舒服了，简直让人有罪恶感。"

玛丽和劳拉还是睡在地上，不过爸爸说会尽快为她们做一张床。他已经做了大床，也已经做好一个坚固的橱柜，用挂锁锁住，这样下次印第安人来的时候就不能把所有的玉米面粉都拿走。现在他还需要挖一口井，随后就可以到镇上去了。他必须先挖井，这样他不在的时候妈妈会有水喝。

第二天早晨，爸爸在小屋一角旁的草地上画了一个大圈。他用铲子将圈子里的泥土挖掉，一大块一大块地搬走。然后他开始铲土，越挖越深。

玛丽和劳拉很想走近看爸爸挖土。她们看不到他的头顶，但还是看到一铲一铲的土往外飞。最后铲子飞出来掉在草地上。然后爸爸也跳了出来。他的双手抓住两边的土，先放上来一个手肘，接着是另一个手肘，然后就一跃而起跳了出来。"我不能再往深处挖了。"他说。

现在爸爸必须找一个帮手了。他拿起枪骑上帕蒂出门去。回来的时候带着一只圆滚滚的野兔，也已经与司各特先生约好互相帮忙。司各特先生帮爸爸挖井，然后爸爸帮司各特先生挖井。

妈妈和劳拉、玛丽还没见过司各特先生和夫人。他们的房子藏在草原上一个小山坳里。劳拉看到过他们屋子里飘出的炊烟，不过没见过屋子。

第二天日出的时候，司各特先生来了。他长得很矮很结实，头发被太阳晒成白色，皮肤被晒得通红，一块块地脱皮。他不会被晒黑，但会脱皮。

"都是这该死的太阳和风。"他说，"抱歉，夫人，不过就算是圣人也忍不住说脏话。我真像是一条蛇了，在这块地方总是不断蜕皮。"

劳拉蛮喜欢他的。每天早晨，洗完盘子铺好床之后她就跑出去看司各特和爸爸打井。日光火辣辣的，连风都是热的，草原上的青草正在变黄。玛丽选择待在屋子里缝制拼接被。但劳拉喜欢刺眼的光，喜欢太阳和风，就一直待在井边上。不过爸爸让她不要靠近井口。

爸爸和司各特先生做了一个结实的绞盘。绞盘搭在井口上，两只木桶吊在绞盘垂下的绳子上。绞盘转动的时候，一只木桶向下深入井口，另一只就吊了上来。早晨司各特先生放下绳子开始挖土，他在木桶里装满土，爸爸就吊上来木桶把土倒掉，两人速度相当，几乎没有间断。晚餐后，爸爸沿着绳子爬到井底，司各特先生把木桶吊上来。

每天早晨，爸爸让司各特沿着绳子往下爬之前，会把一根蜡烛装在木桶里放到井下。劳拉有一次趴在井边往下瞧，看到蜡烛的火焰很亮，把黑洞的最深处照亮。

爸爸说:"看上去还行。"他就拉起木桶把蜡烛吹灭。

"这有点多余,英格尔斯,"司各特先生说,"这口井昨天没任何问题。"

"这很难说,"爸爸回答道,"小心总比大意失手好。"

劳拉不明白爸爸用烛光是想考察什么样的危险。她没有问,因为爸爸和司各特先生都很忙。她想好之后要问的,但把这事给忘了。

一天早上,司各特先生来的时候爸爸在吃早餐。他们听到他叫起来:"英格尔斯,早啊!太阳出来啦。我们走吧!"爸爸喝完咖啡走了出去。

绞盘吱吱呀呀地转起来,爸爸开始吹哨。劳拉和玛丽在洗盘子,妈妈在铺大床。爸爸的哨声停了。她们听到他说:"司各特!"他喊着:"司各特,司各特!"然后爸爸大声叫唤:"卡洛琳!快来!"

妈妈跑出屋子。劳拉跟在后面。

"司各特昏倒了,肯定出事了,在下面。"爸爸说,"我必须下去找他。"

"你用蜡烛试过吗?"妈妈问他。

"没有。我以为他试过了。我问他要不要紧,他说没关系。"爸爸把空木桶的吊绳割断,绑在绞盘上。

"查尔斯,你不能下去,不行!"妈妈说。

"卡洛琳,我必须下去。"

"不行,天啊,查尔斯,不行!"

"我会没事的。我上来之前都会屏住呼吸。我们不能让他死在下面。"

妈妈凶声凶气地说:"劳拉,往后退!"劳拉就向后退。她靠在屋子的墙上浑身打战。

"不行,不行,查尔斯!我不让你下去,"妈妈说道,"骑着帕蒂去请求帮助。"

"没时间了。"

"查尔斯,假如我不能拉你上来——假如你在里面晕倒,我又拉不上来——"

"卡洛琳,我必须下去。"爸爸说。他跳进井口,顺着绳子往下,他的头很快就看不见了。

妈妈蹲在旁边遮住眼睛,然后定定地从井口向下看。

整片草原上所有云雀都飞起来,唱着歌,直冲进云霄。风儿已经带着暖意，但劳拉感觉很冷。

　　突然间，妈妈跳起来抓住绞盘的把手。她用尽力气开始转。绳子拉得很紧，绞盘发出很响的吱吱声。劳拉以为爸爸在井底下晕过去了，妈妈拉不上来。不过绞盘转了一圈，然后又转了一圈。

　　爸爸的一只手伸了出来，抓住绳子。他的另一只手够到这只手的上方，也同样抓住绳子。随后爸爸的头就冒出来了。他的手抓住绞盘。然后不知如何他就攀到了地面上，坐了下来。

　　绞盘还在旋转，突然在井的深处传来了一声闷响。爸爸挣扎着要起来，妈妈说："坐着别动，查尔斯！劳拉，去拿些水来。"

　　劳拉跑着回屋去。她又急匆匆出来，提着一桶水。爸爸妈妈两人都在转动绞盘。绳子慢慢地向上卷起，木桶从井口里出来，一根绳子把司各特先生和木桶扎在一起。他的双臂、双腿和头都低垂着，晃晃悠悠，嘴半张着，眼睛紧闭。

　　爸爸把司各特先生拉到草地上。爸爸把他的身子转过来，司各特先生就软软地仰面躺着。爸爸试了试他的手腕，听了听他的胸部，然后就在他旁边躺下来。

　　"他在呼吸。"爸爸说，"只要周围有空气，他会没事的。我还行，卡洛琳，我就是累极了而已。"

　　"当然！"妈妈责备他说，"你当然会累坏。看看你做的事多么愚蠢！我的天！真是要把人吓死，你一点都不在乎！天啊，我——"妈妈用围裙遮住脸大哭起来。

　　这真是很难过的一天。

　　"我不要井了，"妈妈抽泣着说，"不值得。我不要你这样去冒险！"

司各特先生昏倒是因为吸进了一口地下深处的浊气。浊气比空气重，所以留在地下深处。这种气体看不到嗅不着，但任何人吸入大量这种气体的话就肯定活不了。爸爸甘愿暴露在这种气体里，也要把司各特先生系在绳子上，这样他就可以离开那种气体，被他们从井洞里拉上来。

司各特先生开始恢复体力的时候，就回家了。走之前他对爸爸说："你一直用蜡烛测试是对的，英格尔斯。我以为这种做法很无聊，就没在意，不过我已经知道自己错了。"

"是啊，"爸爸说，"假如一根蜡烛亮不了，我知道我也活不下去。可能的话我总是尽量保证安全。不过现在大家都没事了。"

爸爸休息了一会儿。他也吸进了一点浊气，身上有点虚。不过那天下午他从一个麻袋上抽出一根线来，又从火药牛角筒里取出一点火药。他用一块布包好火药，把麻袋线的一头放在火药里。

"过来，劳拉，"他说，"我要给你看一个东西。"

他们走到井边。爸爸点燃绳子一头，看着火星沿着绳子飞跑。然后他将小线团扔进井里。

很快他们听到一声闷闷的爆炸声！一团烟雾从井里冒出来。"这样就可以把浊气赶出来了。"爸爸说。

烟雾消散后，爸爸让劳拉点燃蜡烛，在身边看着他把蜡烛放下去。蜡烛一路向下，如星星闪烁。

第二天爸爸和司各特先生继续凿井。不过现在他们每天早上都先放一根蜡烛下去。

井底开始有一点水了，但还不够。木桶提上来的时候满是泥浆，爸爸和司各特先生往泥浆里越挖越深。早晨蜡烛放下去的时候，烛光点亮了湿漉漉的井壁，木桶触底的地方有一摊水，烛光照在上面形成一圈圈的水晕。

爸爸站在齐膝深的水里将水用木桶舀走，然后开始继续挖泥浆。

有一天他在挖井的时候，突然从底下传上来一声大叫。妈妈跑出屋子去，劳拉也向井边跑去。"快拉，司各特！拉！"爸爸叫喊着。井底回响着汩汩的水声。司各特用尽全力转动绞盘，爸爸双手攀着绳子向上爬。

"真是太惊险了！"爸爸喘着气说。他爬出来，浑身淌着泥水。"我在奋力向下推铁锹，突然间整个铁锹柄都陷下去了。水在我身边涌上来。"

"这根绳子足足湿了有六英尺。"司各特先生说着，将绳子缠在绞盘上。水桶里满是水。"你用双手拉着绳子上来可真是做对了，英格尔斯。水面上升的速度比我转绞盘的速度要快。"然后司各特拍了一下大腿嚷叫起来，"我打赌你把铁锹也带上来了！"

果不其然，爸爸抢救了铁锹。

不一会儿井里就灌满了水。地底下不远处有一小片蓝色天空，劳拉向下望去，看见一个小女孩对她凝视。她招招手，水面上也有一只手挥舞。

井水很清很冷也很干净。劳拉一口气喝下好多阴凉的井水，感觉自己从来没有尝过这么甜美的饮品。爸爸再也不用从小河里拉来温热的陈水了。爸爸在井口上做了一个坚固的平板——井盖很厚重。劳拉永远也不能去碰井盖。不过她和玛丽如果渴了，妈妈就会抬起井盖，从井里打起满满一桶清冽的井水。

CHAPTER 13

得克萨斯长角牛

　　一天晚上,劳拉和爸爸坐在门槛上。月亮在黑暗的草原上放着光,风儿很静,爸爸轻柔地拉着提琴。

　　他让最后一个音符飘到很远很远的地方,直到它消失在月光下。万物如此美丽,劳拉希望它们永远不要变化。但爸爸说小女孩现在该去睡觉了。

　　这时劳拉听到远处传来一个奇怪而低沉的声音。"那是什么!"她问道。

　　爸爸听了一下。"牛群,我敢打赌!"他说,"一定是往北去道奇堡的牛群。"

　　劳拉脱下衣服后,穿着睡衣站在窗前。空气很静,没有一片草叶摇动,远处传来微弱的声音,就像是嘟哝声,又像一支歌。

　　"那是歌声吗,爸爸?"她问道。

"是的，"爸爸说，"牧童在唱歌为牛群催眠。马上到床上去，你这个调皮鬼。"

劳拉在脑海中看到牛群躺在月光下黑暗的草地上，旁边的牧人轻轻哼唱着催眠曲。

第二天早晨，她跑出屋子去，看到马厩旁有两个陌生人坐在马上。他们在对爸爸说话。他们如印第安人一样浑身红棕色，但双眼眯成了一条缝。他们的腿上、马刺上和宽檐帽上都包着皮毛。脖子上围着领巾，腰上别着手枪。

他们对爸爸说道："再见！"然后对自己的马说："驾！跑！"随后就绝尘而去。

"运气不错！"爸爸对妈妈说。这些人是牛仔。他们想让爸爸帮他们阻止牛群进入河谷两崖间的深涧。爸爸说不要他们的钱，不过告诉他们想要一块牛肉。"你想要一块上好的牛肉吗？"爸爸问道。

"啊，查尔斯！"妈妈说。她眼睛放着光。

爸爸把最大的一块手帕系在脖子上。他告诉劳拉怎么样把手帕拉起来盖住嘴和鼻子，挡住灰尘。然后他骑上帕蒂向西沿着印第安人小径向远处走去，劳拉和玛丽渐渐地就看不到他了。

一整天太阳都很炙热，热风吹拂，牛群的声音越来越近。牛群低低叫唤的声音像是微弱的哀悼声。正午的时候灰尘在天际飞舞。妈妈说这么多牛把青草都踏平了，在草原上扬起了许多尘土。

爸爸在日落时分骑马回家，浑身落满灰土。他的胡子里、头发上和眼皮边缘都沾着灰尘，尘土从他的衣服上簌簌地飘落。他没有带回来任何牛肉，因为牛群还没有过河。牛群走得很慢，边走边吃草。它们一路上必须不断吃草，这样到了城市里才可以有肥膘能卖出去给人吃。

爸爸那天晚上话说得不多，也没有拉提琴。晚饭吃过不久就上床了。

牛群离得很近，劳拉可以清楚听到它们的声音。忧郁的哞哞声不断在草原上回响，直至夜晚降临。然后牛群安静下来，牛仔开始歌唱。他们的歌声就像摇篮曲，但声调很高，像是孤单的哀号，与狼叫声很相似。

劳拉睁眼躺着，听着在夜晚飘荡的孤独之歌。在更远的地方，真正的狼群发出嚎叫。有时候牛群哞哞叫起来。但牛仔依旧唱着歌，歌声起起伏伏，在月光下减弱变成呜咽声。每个人都睡着之后，劳拉轻轻地走到窗口前，她看到三堆篝火在大地的黑暗边际闪烁，像三只红色眼睛。头顶上是辽阔的天宇，月色明朗。那些孤寂的歌声似乎在对着月亮悲泣。劳拉感觉自己的嗓子生疼起来。

第二天劳拉和玛丽一整天都凝视着西方。她们可以听到远处牛群的低吼，可以看到尘土飞扬，有时候可以听到微弱的尖叫声。

突然间，十几头长角牛出现在草原上，就在离马厩不远的地方。它们是从通往河谷的洼地里冒出来的。它们的尾巴竖起，凶狠的牛角向前顶，腿使劲蹬着地。有一个牛仔坐着一头身上长着斑点的野马拼命向前跑，想要追赶上它们。他挥舞着巨大的帽子，大声叫道："吁！噫——噫——噫！吁！"牛群开始转起圈来，长长的牛角彼此顶撞。它们开始笨拙地慢慢跑回去，尾巴仍然竖着。在它们身后，野马跑一阵便向旁边挤一下，然后再跑一阵，把牛群赶到一块。牛群和牛仔都踏上一个小坡，随即向下，消失在视线中。

劳拉前后跑着，挥动着太阳帽喊道："吁！噫——噫——噫！"妈妈只能让她停下。这样叫喊非常不像个淑女。但劳拉宁愿自己是牛仔。

那天下午晚些时候，三个骑手从西边来，前面赶着一头牛。其中一人就是爸爸，他的坐骑是帕蒂。他们慢慢走近了，劳拉发现他们赶着的奶牛旁边有一头斑点小牛。

奶牛一步一蹒跚地走过来。两个牛仔骑着马走在她前面，彼此距离很远。两条绳子的一头系在她的长角上，另一头系在两个牛仔的马鞍上。如果小牛朝两个牛仔中的任何一个低着头冲过去，另一个就会勒住马，让牛动弹不得。奶牛低吼，而小牛不断发出细细的哀号。

妈妈在窗户旁看着他们，玛丽和劳拉站在屋子旁边盯着他们看。

爸爸让牛仔用绳子拉住奶牛，自己把她拴在马厩上。然后牛仔与爸爸告别，骑马离去。

妈妈不相信爸爸真的带回了一头牛。不过这真是他们的牛了。小牛还太小，不能跟着大部队向前，爸爸说，而奶牛也太瘦，卖不出去，所以他们就把奶牛和小牛都给了爸爸。他们还给了他一大块牛肉，挂在他的马鞍角上。

爸爸、妈妈、玛丽和劳拉开心地大笑起来，宝宝凯丽也跟着笑。爸爸的笑声总是很爽朗，好似大钟鸣响。妈妈高兴的时候会温柔地微笑，让劳拉周身温暖。不过现在妈妈笑出声来，庆祝他们有了属于自己的牛。

"给我一只水桶，卡洛琳。"爸爸说道。他要去给奶牛挤奶了，马上就去。

他拿起水桶，把帽子向后推了推，在奶牛旁蹲下来挤奶。这时奶牛弓起身子，结结实实地踢了一脚他的背。

爸爸跳起来。他的脸涨得通红，眼睛放出蓝色光芒。

"好吧，我发誓，我一定要给她挤奶！"他说。

他拿起斧子，把两片粗壮的橡木条削尖。他把奶牛推到马厩墙上，把这根木条狠命地插到她身旁的地上。奶牛低吼了一声，小牛也哇哇叫起来。爸爸将一根木条紧紧地系在这根柱子上，把木条一端插到马厩的木缝里，就这样做了一个围栏。

现在奶牛不能向前向后或向侧面动弹了。但小牛可以挤到妈妈和马厩当中去。这样小牛就感到安全些，不再哀号了。他站在奶牛旁边喝奶，爸爸从围栏中伸进手去，从另一边开始挤奶。他把锡杯子差不多装满了。

"我们早晨再试一遍，"他说，"这个可怜的家伙像鹿一样狂野。不过我们会驯服她的，会驯服她的。"

天色暗下去。夜间，鹰在昏暗的天空中捕捉昆虫，牛蛙在河谷里呱呱叫。一只鸟开始叫唤："抽！抽！抽打——可怜的——威尔！""呜？呜呜？"一只猫头鹰回应道。远处狼群在嚎叫，杰克也吼起来。

"狼群跟在牛群后面，"爸爸说，"明天我要给奶牛盖一座结实的、高高的院子，狼就进不来了。"

他们都往屋里走去，手里提着牛肉。爸爸、妈妈、玛丽和劳拉都同意把牛奶给宝宝凯丽。他们看着她喝下去。锡杯子遮住了她的脸，但劳拉可以看到她吞咽的动作。她的嗓子眼一动一动的，把新鲜牛奶全喝了。然后她用鲜红的舌头舔了舔嘴唇上的泡沫，大笑起来。

他们等了好长一会儿，玉米面包和滋滋叫的牛排终于做好了。牛排又硬又多汁，他们从没尝过比这更美味的食物。每个人都非常高兴，现在他们有牛奶喝了，也可能会有涂在玉米面包上的黄油。

牛群的哞哞声已经很远了，牛仔的歌声微弱得几乎听不到了。这群牛已经到河谷对岸，在堪萨斯地界里了。明天他们会慢慢继续向北行进，一直走到道奇堡，那里有很多士兵驻扎。

CHAPTER 14

印第安人的营地

天气一天天炎热起来。风都是热的。"好像是从炉子里出来的。"妈妈说。

青草变黄了。天地充斥着绿色和金色,在亮得刺眼的天空下飘摇起伏。

中午时分,风停了。没有鸟儿歌唱。一切都非常安静,劳拉能听到松鼠在小河边上的树丛里叽叽喳喳地叫。突然间,一群乌鸦从头顶上飞过,发出粗粝又高亢的嘎嘎叫声。然后一切复归宁静。

妈妈说现在是仲夏。

爸爸奇怪印第安人到哪里去了。他说他们已经从草原上的营地撤走了。有一天他问劳拉和玛丽是否想要去参观印第安人的营地。

劳拉高兴地跳起来,拍起手来,但妈妈表示反对。

"太远了,查尔斯,"她说,"天又这么热。"

爸爸的蓝眼睛闪着光。"这份暑热不影响印第安人，也不会伤害我们的，"他说道，"来吧，孩子们！"

"杰克能一起去吗？求你了爸爸。"劳拉恳求道。爸爸已经拿好了枪，不过他看了看劳拉又看了看杰克，最后瞟了一眼妈妈，又把枪放回到钩子上。

"好吧，劳拉，"他说，"我带着杰克，卡洛琳，枪给你留下。"

杰克在他们身边跳起来，不断摇摆自己的短尾巴。等他们出发，他立刻就跟上，跑到他们前面去。爸爸排第二，再后面是玛丽，最后是劳拉。玛丽头上戴着遮阳帽，劳拉让帽子挂在自己的背上。

他们赤脚踩在被晒热的地上。阳光穿透他们褪了色的衣服，让他们的手臂和背脊有些火辣辣的。四周的空气就像烤炉里的空气一般炎热，闻上去也有一股淡淡的烤面包味。爸爸说这个气味来自被太阳烤干的草籽。

他们在草原上越走越远。劳拉感觉自己在变小。连爸爸看上去都比平日要小。最后他们终于走进了印第安人扎营的洼地里。

杰克惊到了一只大兔子。兔子从草丛里跳出来的时候，劳拉也跳起来。爸爸连忙说："放它走，杰克！我们的肉已经够了。"杰克就坐下来看着肥大的兔子跳进洼地深处。

劳拉和玛丽环顾四周。她们待在离爸爸很近的地方。洼地两边低低的灌木——巴克灌木①上长着一簇簇淡粉色的野莓，漆树上长着绿色的果实，偶尔露出一片亮红色叶子。鼠尾草的翎毛正在变灰，牛眼雏

---

① 巴克灌木：北美一些常见矮灌木的总称，包括楔叶海棠等。

菊的黄色叶片从花冠中间垂下。

这一切景象都隐藏在这个秘密的洼地里。从木屋里劳拉只能看到一片草原，而在这块洼地里，她也看不到自己的屋子。草原看上去是平整的，但实际并不平。

劳拉问爸爸草原上是不是有很多洼地，就像这里一样。爸爸说是的。

"那些洼地里也有印第安人吗？"她几乎在耳语。爸爸说他不知道，可能有。

她紧紧抓住他的手，玛丽牵着另一只手，他们都望着印第安人的营地。营地里还有印第安人生的篝火留下的灰烬。地上有插旗杆的孔。地上散落着一些骸骨，是印第安人的狗啃完后剩下的。洼地周边的草丛都被印第安人的小马驹咬得很短。

印第安人的皮靴留下了许多大大小小的脚印，还有些光脚脚印。上面覆盖着兔子、鸟儿和狼群的脚印。

爸爸为玛丽和劳拉解释地上的印迹。他把篝火边上灰烬旁的两个中等大小的皮靴印指出来给她们看。一个印第安女人曾经蹲在那里。她穿着一条有镶边的皮裙子——地上的尘土里有她裙子镶边留下的轻微痕迹；她的皮靴印的前部比脚后跟留下的印记要更深，因为她身子前倾，或许是为了拨弄在火上煮的一个锅子里的食物。

然后爸爸捡起一根被烟火熏黑的分杈的树枝。他说地上有两个竖起的分杈的木棍，上面架着另外一根木条，锅子就挂在这根木条上。他给玛丽和劳拉看地上两个深深的小洞，就是之前分杈木棍插进去的地方。然后他让她们看篝火边上的骨头，告诉她们当时锅里煮的是什么。

她们看了一下，然后说："兔子。"答案正确，这些就是兔子的骨头。

突然间劳拉叫了一声："看啊！看啊！"尘土里有一个亮蓝色的东西在闪烁。她捡了起来，发现是一颗美丽的蓝色珠子，劳拉高兴地叫起来。

接着玛丽看到了一颗红色珠子，劳拉看到一颗绿的，她们这下什么都忘了，只顾得上这些珠子了。她们找到白色珠子和棕色珠子，越来越多的红色与蓝色珠子。那天下午她们一直在印第安人的营地里搜寻珠子。爸爸时不时地走到洼地边缘向家的方向张望，然后回来帮女儿们找珠子。他们仔细搜索了整个地方。

他们找不到更多珠子的时候，天已经快黑了。劳拉手里握着一把珠子，玛丽也是。爸爸把珠子紧紧地扎在手帕里，劳拉的珠子在一个角里，玛丽的珠子在另一头。他把手帕放到口袋里，然后他们一起往回走。

他们从洼地里出来的时候，太阳照着他们的背。家看上去很小也很远。爸爸也没带枪。

爸爸走得飞快，劳拉觉得很难跟上。她尽快地小跑，但太阳落得更快。家看上去越来越远。草原看上去更广阔，一阵风刮过，轻轻诉说着一件可怕的事。所有的草丛都在摇晃，似乎很害怕的样子。

接着爸爸转过身来，他的蓝色眼睛对着劳拉眨了眨。他说："累了吧，小妞？小腿儿跑不了很远。"

他把劳拉抱起来，虽然她个子已经很大，还是被爸爸稳稳地放在了他的肩膀上。他牵着玛丽的手，他们就这样一起回到了家。

晚饭在火上煮着，妈妈在摆桌子，宝宝凯丽在地上玩小块积木。爸爸把手帕扔给妈妈。

"我不想回来这么晚的，卡洛琳，"他说道，"不过看看孩子们发现了什么。"他拿起牛奶桶快步走出去，把佩特和帕蒂从拴马绳上放下来，然后再给奶牛挤奶。

妈妈解开手帕，哇地叫了起来。珠子看上去比在印第安营地里的时候更漂亮。

劳拉用手指搅动珠子，看着它们翻滚闪烁。"这些是我的。"她说。

然后玛丽说："凯丽可以玩我的珠子。"

爸爸等着看劳拉会说什么。劳拉什么也不想说。她想要留下这些漂亮珠子。她的胸口很烫，她满心希望玛丽不要老是这么乖巧。但她不能让玛丽比自己强。

所以她说，慢慢地说："凯丽也可以玩我的珠子。"

"这就对了，你们都是我不自私的好孩子。"妈妈说。

她把玛丽的珠子倒进玛丽的手里，把劳拉的珠子倒进劳拉的手里，她说她会给她们一根绳子把珠子穿起来。这些珠子可以做一根很美的项链给凯丽戴。

玛丽和劳拉并排坐在她们的床上，开始将漂亮珠子穿在妈妈给她们的绳子上。她们把绳子放到嘴里舔了一下，把一端捏在一起。然后玛丽拿起手里的绳子穿过每一颗珠子中间的孔，劳拉也一个个地把她的珠子穿上去。

她们什么话也不说。或许玛丽在内心中觉得甜蜜安宁，但劳拉可不是这样。她看着玛丽，真想扇她一巴掌。所以就不敢再看玛丽。

这些珠子做成了一串漂亮的项链。凯丽看到的时候拍着手大笑起来。妈妈就把项链挂在凯丽小小的脖颈上，项链闪闪发光。劳拉感觉好受一点了。毕竟，她的珠子不够做一整条项链的，玛丽的也不够，但合在一起就可以为凯丽做一整串珠子。

凯丽感觉到脖子上的项链，不断去拉。她太小了，不懂不能扯断项链的道理。因此妈妈把项链解了下来收好，等以后凯丽大些了再给她戴。后来劳拉总是想到这些漂亮珠子，仍然淘气地想把它们拿回来。

不过这天仍然是完美的，至少她可以回想她们穿越草原的悠长路途，回想她们在印第安营地里见到的一切。

CHAPTER 15

冷热病

这时节黑莓已经成熟了，下午很炎热，劳拉和妈妈一起去摘莓子。河谷里的欧石楠灌木丛上挂着硕大多汁的黑色莓子，有些藏在树荫里，有些露在阳光里，但阳光太灼热，劳拉和妈妈只能待在荫翳里。黑莓足够多。

鹿儿躺在阴凉的树丛里看着妈妈和劳拉。红嘴蓝鹊飞到她们的遮阳帽边上，斥责她们摘走莓子。蛇飞快地从她们身边爬走，在树丛里，松鼠醒过来朝她们叽叽喳喳叫唤。不论她们走到哪里，欧石楠灌木丛里到处都是一团嗡嗡飞舞的蚊子。

蚊子密密匝匝地停在熟透的大莓子上，吮吸着甘甜的汁液。但它们不仅喜欢吸莓子，更喜欢吸劳拉和妈妈的血。

劳拉的手指和嘴上都沾着紫黑色的莓子汁。她的脸、手和赤裸的脚上盖满了被树丛刮破的口子和蚊子块，也有很多紫色的污块，因为劳拉拍死了很多蚊子。不过她们每天都带回家满满几桶野莓，妈妈把它们铺在阳光下晒干。

每天她们都敞开肚子吃莓子,第二年冬天他们也会有很多干莓放在汤里煮。

玛丽几乎不出去摘黑莓。她待在屋子里照顾宝宝凯丽,因为她年龄较大。白天的时候屋子里只有一两只蚊子。到了晚上,假如风不大的话,蚊子就成群成群地飞到屋子里。风不大的夜晚,爸爸就在屋子和马厩四周燃烧一堆堆的湿草,驱赶蚊子。不过还是有很多蚊子溜进来。

爸爸晚上不能拉提琴了,咬他的蚊子太多。爱德华兹先生也不在晚饭后造访了,河谷里的蚊子实在太多。每天晚上佩特、帕蒂、小马驹和奶牛、小牛都一直在跺脚和挥动尾巴。早晨劳拉的额头上布满蚊子的咬痕。

"不会一直这样的,"爸爸说,"秋天快来了,只要来一阵冷风,它们就老实了。"

劳拉感觉不舒服。一天,她虽然暴露在阳光里,但还是浑身发冷,在火边也没有暖意。

妈妈问她和玛丽为什么不出去玩,劳拉说她不想玩。她感觉很累,浑身酸疼。妈妈停下手边的工作问她:"你是哪里疼?"

劳拉自己也不清楚。她说:"我就是疼,腿疼。"

"我也疼。"玛丽说。

妈妈看着她们说,她们看上去很健康。不过她说肯定有问题,要不她们不会这么安静。她撩起劳拉的裙子和胸衣想要看她的腿哪里疼,突然间劳拉浑身打战。她颤抖得厉害,牙齿都在嘴里打架。

妈妈将自己的头放在劳拉的脸颊上。"你肯定不冷,"她说,"你的脸滚烫。"

劳拉想哭，但当然没有哭出来，只有小宝宝才哭。"我现在感到热了，"她说，"后背疼。"

妈妈把爸爸叫来，他进来了。"查尔斯，快看看孩子们，"她说，"我觉得她们肯定生病了。"

"是啊，我自己也觉得不舒服，"爸爸说，"一开始很热，然后又很冷，而且浑身疼痛。你们也是这种感觉吗，孩子们？你们也是疼到骨头里吗？"

玛丽和劳拉说她们也是同样的感觉。随后妈妈和爸爸对望了很久，妈妈说："你们该上床休息。"

白天到床上去的感觉真奇怪，劳拉浑身发热，感觉周围的世界都在摇摆。妈妈给她脱衣服的时候，她抓住妈妈的脖子，她恳求妈妈告诉她自己生了什么病。

"你会好的，不要担心。"妈妈轻松地说。劳拉钻到床上，妈妈给她掖好被子。睡在床上的感觉真好。妈妈用阴凉而柔软的手抚摸她的前额，说道："好了孩子，睡吧。"

劳拉没有真的睡着，不过过了很久也没有真正醒来。她好像一直处于昏昏沉沉的状态，看到许多奇怪的事情发生。她看到爸爸半夜里蹲在炉火旁，然后突然阳光很刺眼，妈妈用勺子给她喂鸡汤。有什么东西在慢慢缩小，越来越小，最后比最微小之物还要细微。然后它又慢慢膨胀成巨大无比。有两个声音越来越快地闲聊，然后有一个缓慢的声音拖着长音，劳拉完全听不清楚。没有言语，只有声音。

玛丽睡在她身边，也在发热。玛丽掀开被子，劳拉开始发冷，就哭起来。然后劳拉又重新开始发热。爸爸的手摇晃了一下，手里的杯子溢出水来。水沿着她的脖颈往下流。锡做的杯子撞着她的牙齿，发出嘚嘚声，直到她无法再喝。妈妈给她盖好被子，妈妈的手抚摸劳拉的脸颊，感觉也是滚烫的。

劳拉听到爸爸说："你也去床上休息，卡洛琳。"

劳拉睁开眼睛，看到了明亮的阳光。玛丽在抽泣："我要喝一口水！我要喝一口水！我要喝一口水！"杰克在大床和小床之间跑来跑去，劳拉看到爸爸睡在大床旁边的地上。

杰克用爪子摸摸爸爸，哀叫了一声。他用牙齿咬住爸爸的袖子晃动着。爸爸轻轻抬起头，说道："我必须起床，必须起床。卡洛琳和孩子们怎么办。"然后他的头就向后倒去，躺在地上不能动弹。杰克抬起鼻子开始吼叫。

劳拉试着起身，但她实在太累了。然后她看到妈妈泛红的脸庞在床边往下看。玛丽一直喊着要喝水。妈妈看着玛丽又看了看劳拉，然后轻轻说道："劳拉，你行吗？"

"行的，妈妈。"劳拉说。这次她下了床。不过她想要站起来的时候，地板突然摇晃起来，让她摔倒了。杰克用舌头一次次舔她的脸，她颤抖着呻吟。不过她抓住杰克，倚靠着他坐起来。

她知道她必须要拿到水，否则玛丽会继续哭。她爬过整块地板来到水桶边。里面只剩下一点水了。她冷得打战，手抓不住勺子。不过她还是抓住了。她舀起一点水，然后开始一点一点往回爬。杰克一直待在她的身边。

玛丽没有睁开眼。她用双手抓住勺子，吞下了所有的水，然后就不哭了。勺子掉到地板上。劳拉钻到被子底下，过了很长时间她才感到热起来。

有时候她听到杰克抽泣。有时候杰克会吼叫，劳拉还以为是一头狼，不过并不害怕。她又听到叽叽喳喳的声音，然后又是缓慢的声音，拖着长音。她睁开眼睛，看到一张巨大、黑色的脸紧挨着她的脸。

这张脸漆黑漆黑的，还发着光。她的眼睛乌黑而柔软，牙齿很白，在巨大厚实的嘴里发光。这张脸在微笑，发出一个深沉而轻柔的声音："把这个喝下去，小女孩。"

有一只手臂托起她的肩膀，一只黑色的手将一只杯子递到她的嘴边。劳拉吞下一团苦涩的药，她想将头扭过去，但这只杯子始终跟着她的嘴移动。这个低沉温柔的声音又开始说："喝下去，会让你好起来的。"劳拉就喝下了所有的药。

她醒来的时候，一个胖胖的女人正在拨动炉火。劳拉仔细观察她，她的肤色并不黑。她和妈妈一样，只是晒得有点黝黑。

"我想要喝口水，请帮下我好吗？"劳拉说。

胖女人马上把水端过来。这勺冰冷甘甜的水让劳拉感到很舒服。她看着玛丽在她身旁睡觉，

她看着爸爸和妈妈在大床上睡觉。杰克半睡半醒地躺在地上。劳拉又看了一眼胖女人："你是谁呢？"

"我是司各特夫人，"女人回答她，脸上带着微笑，"好了，这下感觉好受些了吧？"

"是的，谢谢您。"劳拉说道，非常礼貌。胖女人给她端来一杯热气腾腾的用草原山鸡做的鸡汤。

"把这个汤都喝完，要听话。"她说。劳拉就把可口的鸡汤都喝完了，一滴不剩。"可以睡觉了，"司各特夫人说，"我在这里照顾这个家，直到你们都好起来。"

第二天早晨，劳拉感觉好多了，就想要起床，但司各特夫人说她必须待在床上，等医生过来。她躺着看司各特夫人整理屋子，为爸爸、妈妈和玛丽拿药。然后就轮到劳拉了。她张开嘴，司各特夫人把一张折起的纸往劳拉的嘴里送，倒进来一口很苦的粉末。劳拉喝口水，然后使劲把药吞下去，然后再喝了一口水。吞咽粉末问题不大，但实在太苦。

然后医生来了。他是一个黑人。劳拉以前从来没见过黑人，忍不住一直盯着谭医生。他的肤色真的很黑。假如劳拉不是打心眼里喜欢谭医生的话肯定会害怕的。他对着她微笑，露出白色牙齿。他与爸爸妈妈交谈，发出连绵爽朗的笑声。他们都想让他多待一会儿，不过他要赶路。

司各特夫人说所有沿着河岸住的移居户都染上了疟疾。照顾病人的人手不够，她只能从一座屋子走到另一座屋子，日日夜夜都没有休息。

"你们能挺过来真是奇迹，"她说道，"你们一家人都同时生病。"假如谭医生没有及时发现他们，她不知道会发生什么。

谭医生是给印第安人看病的医生。他本来要去独立镇，在路上看到了爸爸的屋子。奇怪的是，杰克平时很讨厌陌生人，除非爸爸妈妈命令，他不会让陌生人进门，但他主动跑到谭医生跟前祈求他进屋。

"他发现原来你们都倒下了。都快要死了。"司各特夫人回忆说。谭医生陪着他们度过了一天一夜，直到司各特夫人过来。他现在是所有生病的移居民的医生。

司各特夫人说这些病都与吃西瓜有关。她说："我说过一千次了，西瓜——"

"那是什么意思？"爸爸叫起来，"谁有西瓜呢？"

司各特夫人说有一个移居民在河谷种了西瓜，所有吃过这些西瓜的人都很快生病了。她说她警告过他们。"不过，没用，"她说，"他们不听人劝。他们一定要吃西瓜，现在付出代价了。"

"我可很久没有吃过一口好吃的西瓜了，赫克特①还是个狗宝宝的时候起就没吃过。"

第二天爸爸就下床了。又过了一天，劳拉下床了。然后妈妈下了床，最后是玛丽。他们都很消瘦虚弱，但可以照顾自己了。司各特夫人回家了。

妈妈说她不知道应该如何感谢司各特夫人，司各特夫人说："噗哈！邻居之间不就是应该互相帮助吗？"

---

① 赫克特：原文中"赫克特"指代不明，可能是爸爸从前养过的一只小狗。

爸爸两颊凹陷，走起路来很慢。妈妈经常坐下来休息。劳拉和玛丽也没精力玩耍。每天早晨他们都要吞一口苦涩的药粉。但妈妈脸上还是绽放着可爱的微笑，爸爸高兴地吹口哨。

"是一场阴风暗地里捣鬼。"他说。他身体虚弱不能工作，就准备给妈妈做一张摇椅。

他从河谷里运来一些纤细的柳条，在屋里开始做椅子。他随时可以停下来帮妈妈给炉火添木柴或帮她拎水壶。

首先，他做了四条坚固的椅子腿，用横杆牢牢地固定住。然后他将柳条坚韧的外皮撕成一条一条的。他将这些长条来回上下穿插编起来，就这样做了一个椅子座。

爸爸把一根枝条从中间劈开，把一端用楔子固定在椅子一边，将它向上弯，横过来然后再往下弯。这样就做了一个高高的有弯度的椅子背。他紧紧地用横条固定好椅子背，然后把细细的柳条编织起来，上下左右来回穿插，整个椅子背就被填满了。

爸爸用劈开的柳条的另一半做椅子的扶手。爸爸从座椅前端开始把柳条拉到椅背，然后用细柳条把椅子扶手编好。

最后，他劈开一条很长的弯曲的柳条。他把椅子倒过来，把弯曲的柳条用楔子固定好，做成能摇晃的椅子底盘。这样椅子就做好了。

然后他们开始庆祝。妈妈取下围裙，整理好自己光滑的棕色头发。玛丽把那串珠子挂在凯丽的脖子上。爸爸和劳拉把玛丽的枕头放在椅子上。爸爸在枕头上铺好小床上的被子。然后他牵起玛丽的手将她带到椅子跟前，再把宝宝凯丽放在玛丽怀里。

妈妈向后靠在柔软的椅背上。她消瘦的脸颊泛起红色，双眼泪花闪闪，但笑容非常美丽。椅子轻柔地在她身下摇动，她说："啊，查尔斯，我都记不得上次是什么时候感到这么舒服了。"

然后爸爸拿起小提琴，在火光里弹奏，对着妈妈唱歌。妈妈摇晃着椅子，宝宝凯丽在她怀里睡着了。玛丽和劳拉坐在凳子上，感到很幸福。

第二天，爸爸骑着帕蒂出发了，也不告诉他们要去哪里。妈妈不断琢磨爸爸去了哪里。爸爸回来的时候坐在马鞍上，手里捧着一只西瓜。

他几乎没有力气把西瓜搬进屋。他让西瓜滚下来，自己一下子坐在地板上。

"我还以为这里看不到西瓜了呢，"他说，"这只西瓜一定有四十磅重，我现在太虚弱了，跟水差不多。把屠刀给我。"

"但是，查尔斯！"妈妈说，"不行！司各特夫人说——"

爸爸爽朗地大声笑起来。"那种说法没道理，"他说，"这只西瓜很好，为什么会传染疟疾？大家都知道染上疟疾是因为吸入了夜间的空气。"

"这只西瓜就是在夜间空气里长成的。"妈妈说。

"胡话！"爸爸说，"把屠刀递给我。就算它会让我发冷发热我也得吃了它。"

"我相信你肯定会的。"妈妈说着，把刀递给他。

刀口切进西瓜的时候发出瓜熟透的声音。绿色的表皮裂开，里面是鲜红的瓤，夹杂着黑色的西瓜籽。西瓜的红瓤上好像挂着一层霜。那天天气炎热，这只西瓜看上去诱人极了。

妈妈不肯吃瓜。她也不允许劳拉和玛丽吃哪怕一口。不过爸爸一块接一块地吃,最后长叹一口气,说可以让奶牛吃剩下的瓜了。

第二天爸爸开始有点轻微的疟疾,妈妈责怪西瓜。不过第二天她自己也染上了轻微的疟疾。所以他们不知道冷热病到底是从哪里来的。

那个时候,没有人知道冷热病就是疟疾,蚊子咬人的时候会传染。

CHAPTER 16
烟囱里的火

草原已经变了样。现在是深黄色，接近棕色，上面横亘着一排排的漆树。风在褐色的草丛里悲鸣，呜呜地吹拂过低矮卷曲的水牛草。夜间的风声像是在哭泣。

爸爸又开始说这片土地很了不起。在大树林的时候他必须割下干草，晒干后堆起来放在粮仓里过冬。但在高原上，太阳已经将草原上的草晒干，整个冬天，野马和奶牛都可以自己啃食干草。爸爸只需要一个小草堆，以抵御暴风雪来临的日子。

现在天气凉快些了，爸爸要去镇上了。之前夏日炎炎的时候他没有去，因为佩特和帕蒂会受不了暑热。她们要拉着马车每天赶二十英里的路，在两天内抵达小镇。他不想不必要地离开家太长时间。

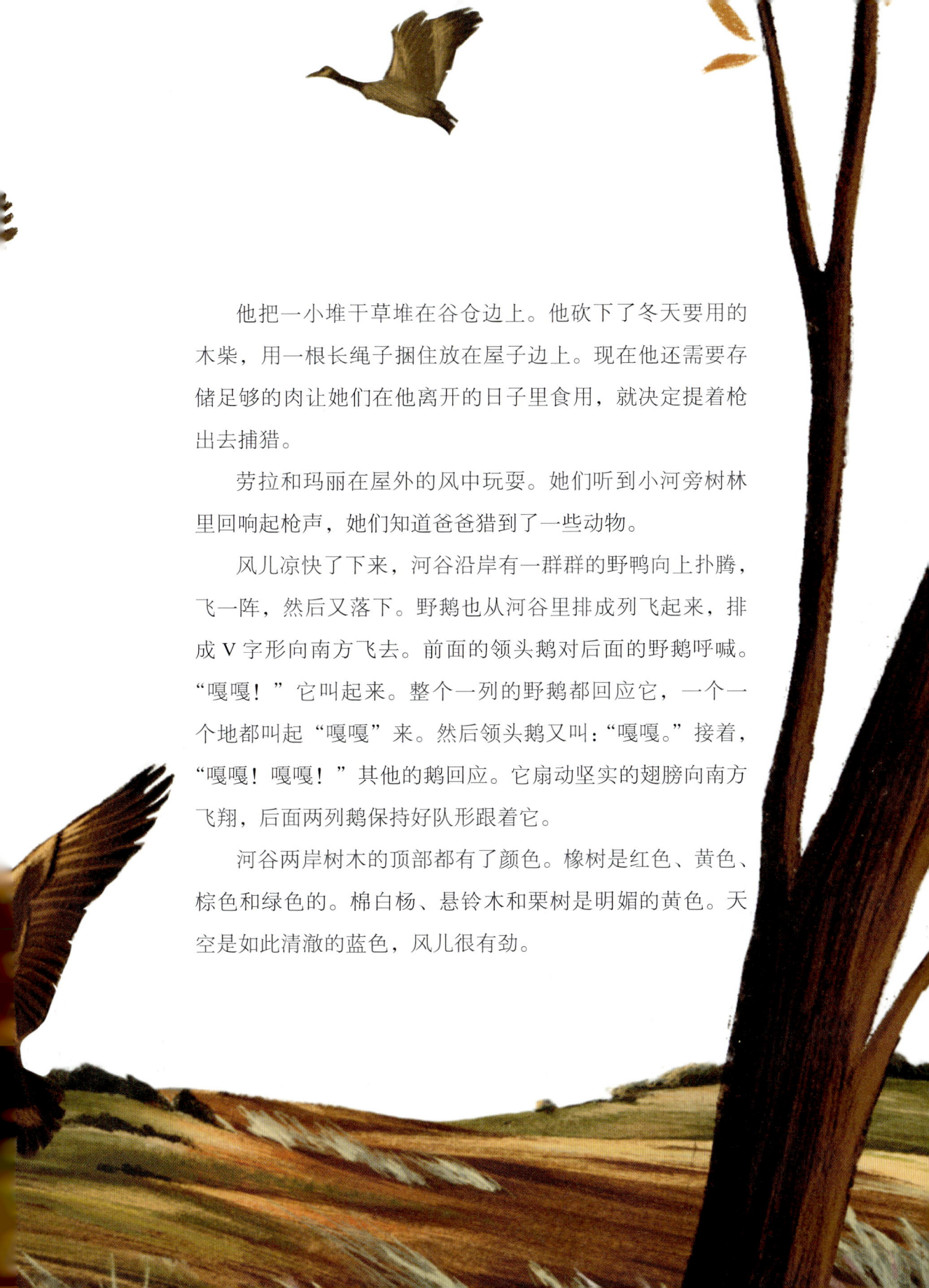

　　他把一小堆干草堆在谷仓边上。他砍下了冬天要用的木柴，用一根长绳子捆住放在屋子边上。现在他还需要存储足够的肉让她们在他离开的日子里食用，就决定提着枪出去捕猎。

　　劳拉和玛丽在屋外的风中玩耍。她们听到小河旁树林里回响起枪声，她们知道爸爸猎到了一些动物。

　　风儿凉快了下来，河谷沿岸有一群群的野鸭向上扑腾，飞一阵，然后又落下。野鹅也从河谷里排成列飞起来，排成V字形向南方飞去。前面的领头鹅对后面的野鹅呼喊。"嘎嘎！"它叫起来。整个一列的野鹅都回应它，一个一个地都叫起"嘎嘎"来。然后领头鹅又叫："嘎嘎。"接着，"嘎嘎！嘎嘎！"其他的鹅回应。它扇动坚实的翅膀向南方飞翔，后面两列鹅保持好队形跟着它。

　　河谷两岸树木的顶部都有了颜色。橡树是红色、黄色、棕色和绿色的。棉白杨、悬铃木和栗树是明媚的黄色。天空是如此清澈的蓝色，风儿很有劲。

那天下午冷风猎猎。妈妈叫玛丽和劳拉进屋。她生起火,把摇椅拖到火边,坐着哄宝宝凯丽,对着她轻轻歌唱:

> 乖乖,小胖宝贝。
> 爸爸出去打猎,
> 找到一张兔子皮毛,
> 包起小胖宝贝。

劳拉听到烟囱里发出轻微的噼啪声。妈妈停止了歌唱。她向前探出身子看着烟囱。然后她安静地站起来,把凯丽放到玛丽的怀里,让玛丽坐到摇椅里,随后急忙跑出门去。劳拉跟在她的身后。

烟囱的整个上半部分都着火了。做烟囱的枝条烧了起来。火焰在风里咆哮,火舌舔着无助的屋顶。妈妈拿起一根很长的棍子对着咆哮的烈火敲打了几下,但挡不住燃烧的枝条不断往下掉落在她身边。

劳拉不知道该怎么办。她也拿起一根棍子,但妈妈告诉她不要走近。咆哮的火很可怕。它能点燃整个屋子,劳拉什么办法也没有。

她跑到屋子里来。燃烧的木条和煤炭沿着烟囱掉下来,滚落在火炉前。屋子里全是烟。一根粗壮滚烫的木条在地板上滚动,滚到玛丽的裙子底下。玛丽动不了,她实在太害怕了。

劳拉也很害怕,都无法思考。她抓住沉重的摇椅用尽全力拖。坐着玛丽和凯丽的椅子在地上拖了一段。劳拉抓起燃烧的木条扔到壁炉里去,这时候妈妈走了进来。

"做得好,劳拉,你记得我说的,不要让任何火焰留在地上。"妈妈说。她快速地拿起水桶，安静地将水倒在壁炉里的火苗上。浓烟向外涌出来。

然后妈妈说："你的手烧伤了吗？"她看着劳拉的双手，不过手没事，因为劳拉扔木条的动作很快。

劳拉并没有真正哭泣。她已经很大了，不能再哭。只有一滴泪水蹦出了眼眶，喉咙发紧，但她没有哭。她将脸埋在妈妈身上，紧紧地抓住她。她很高兴火焰没有伤到妈妈。

"别哭，劳拉，"妈妈说，摸着她的头，"你害怕吗？"

"是的，"劳拉说道，"我担心玛丽和凯丽会烧起来。我害怕房子会烧起来，这样我们就没地方住了。我——我现在很害怕！"

玛丽现在会说话了。她告诉妈妈劳拉已经把椅子拖离了炉火。劳拉很小，椅子很大很重，上面还坐着玛丽和凯丽。妈妈感到很惊讶，说她不知道劳拉怎么做到的。

"你是个勇敢的孩子，劳拉。"她说。但是劳拉真的受了很大的惊吓。

"没事了，"妈妈说，"房子没有点燃，玛丽的裙子没有着火，没有烧到她和凯丽。一切都安好。"

爸爸回家时发现火焰已经熄灭了。风在烟囱粗矮的石头底座上吹拂，屋子里很冷。不过爸爸说他可以重新用绿色枝条和新鲜软泥做烟囱，仔细糊好，这样就不会再着火。

他带回来四只肥肥的野鸭，他说他可以杀死几百只，但四只就足够了。他对妈妈说："你把我们吃的鸭子和鹅的羽毛留下来，我给你做一张羽毛床。"

他当然可以打到一只鹿,但天气还不是很冷,不能冻住鹿肉,等他们吃的时候肉就坏了。他也找到了一个野火鸡筑窝的地方。"这是我们感恩节和圣诞节的火鸡,"他说,"巨大肥胖的家伙。时机到了我就去把它们抓过来。"

爸爸吹着哨子把砍下来的绿色枝条和软泥糊在一起，准备重新造烟囱，妈妈在清洗野鸭。然后火焰发出欢快的噼啪声，一只肥鸭子在火里烤着，玉米面包也已经放在烤炉里。一切重归温馨舒适。

晚餐后爸爸说他最好第二天早晨就出发去镇上。"还是早去早完成好。"他说道。

"是的，查尔斯，你还是快出发吧。"妈妈说。

"不过假如我不去我们也生活得挺好，"爸爸说，"不需要有点小事就去镇上。我以前抽的雪茄比司各特在印第安纳种的要好，但他的也可以了。我明年夏天会自己种烟叶，还一些给他。要是我没有问爱德华兹借钉子就好了。"

"但你的确是借了，查尔斯。"妈妈回答说，"至于烟叶，你和我一样，也不愿意去借别人的。我们还需要奎宁。我一直省着用玉米面粉，不过也快用光了，糖也快没了。你可以去找一棵蜜蜂树①，不过玉米面粉就找不到了，我看明年你不会种玉米。我们已经吃了很多野味，这会儿假如能吃到一点腌猪肉会很香。还有，查尔斯，我想给威斯康星的亲人们写信。假如你现在寄一封信，他们今年冬天可以写回信，我们明年春天就可以收到回信。"

"你说得对，卡洛琳。你总是很正确。"爸爸说。他转身对玛丽和劳拉说该睡觉了。假如他明天一早就要出发，他应该早点上床休息。

他脱下靴子，玛丽和劳拉则穿上睡衣。她们上了床之后，爸爸取下小提琴。他轻柔地弹唱：

---

① 蜜蜂树：有蜜蜂筑巢的树。

月桂葱绿地生长，
芸香也不示弱，
它们如此悲伤，我亲爱的，
不愿离你而去。

妈妈对着爸爸微笑。"路上照顾好你自己，查尔斯，不要为我们担心，"她对他说，"我们会没事的。"

CHAPTER 17

爸爸去镇上

早晨日出前爸爸就出发了。劳拉和玛丽醒来的时候，他已经走了，屋里空荡荡的，很寂寞的样子。爸爸不只是去打猎，他要到镇上去，要离开家整整四个漫长的日子。

小马驹本尼被关在马棚里，这样她就不会跟着妈妈。路途太长，马驹走不了。本尼孤单地哀叫。劳拉和玛丽在屋子里和妈妈待在一起，屋外面的空间太广阔太空旷，爸爸不在的时候她们就不能随意玩耍。杰克也惴惴不安，很警惕。

中午的时候劳拉和妈妈带本尼去喝水，把奶牛的围栏移到长着新鲜青草的地方。奶牛现在很安静，会跟着妈妈走，也让妈妈挤她的奶。

挤奶前妈妈戴上了她的遮阳帽，这时杰克的毛发突然竖起来。她们听到喊叫声、跑步声，有人在喊："叫住你的狗！叫住你的狗！"

爱德华兹先生站在木柴堆上，杰克跟在他后面向上爬。

"他逼我上了树。"爱德华兹先生说着,沿着木材堆的顶部向后退。妈妈管不住杰克。杰克凶狠地咧开嘴,眼睛充血。他不得不让爱德华兹先生从木材堆上下来,但始终紧紧盯着他。

妈妈说道:"我发誓,他似乎知道英格尔斯先生不在这里。"

爱德华兹先生说狗懂得很多,超过人们对狗的认知。

那天早晨去镇上的时候,爸爸路过爱德华兹先生的家,请他帮忙每天来他们家看看情况是否正常。爱德华兹先生是个很好的邻居,到了妈妈做杂事的时间,他就会过来帮忙。但杰克已经决定,爸爸不在家的时候,不让任何人靠近奶牛或小马驹本尼。爱德华兹先生来帮忙做事的时候,她们只能把杰克关在屋里。

爱德华兹先生走的时候对妈妈说:"今天晚上让狗待在屋里,你们就一定会安全。"

黑夜慢慢包裹了整个屋子。风在哀号，猫头鹰叫唤着："呜呼？呜呜。"一头狼嚎叫起来，杰克在嗓子里低低地嘟囔。玛丽和劳拉坐在炉火旁边，靠近妈妈的地方。她们知道屋子里很安全，因为杰克在，妈妈也已经把门闩插上了。

　　第二天和第一天一样空荡荡的。杰克在马厩和屋子四周巡逻，然后又绕马厩一周，再回到屋子这边。他不愿意分心看劳拉。

　　那天下午司各特夫人来拜访妈妈。她们说话的时候，劳拉和玛丽礼貌地坐着，像小老鼠一样不动弹。司各特夫人很欣赏新的摇椅。她坐的时间越长，越是享受，她赞叹着屋子有多么舒适漂亮。

　　她说她祈祷她们不会遇到惹麻烦的印第安人。司各特先生听到过一些相关流言。她说道："大地知道，他们永远也不会对这片土地做什么贡献。他们就知道像野生动物一样游荡。不管有没有合约，这片土地属于愿意在上面耕种的人。这就是常识和正义。"

　　她不明白政府为何要与印第安人签订合约。印第安人只有死了才好。[①]想到印第安人就让她浑身发冷。她说："我可忘不了明尼苏达大屠杀[②]。我的爸爸和兄弟们与其他移居民一起出征，在我们西边十五英里的地方把印第安人挡住。我经常听到爸爸说他们如何……"

---

① 这句话是小说中非常有争议的一句话，并不代表作者的观点。司各特夫人所说的"合约"是指18世纪下半叶到19世纪中叶各印第安部落（其实也是主权国）与美国政府签订的一系列合约，规定了印第安人和美国政府之间的土地和利益交换。

② 明尼苏达大屠杀：1862年8月间发生的事件，印第安人的苏部族对白人移民发动攻击。根据1862年8月24日的《纽约时报》相关报道估计，至少有500名白人被杀害。不过这里所谓的"屠杀"，是从白人的视角出发进行的描述。

妈妈发出一声尖利的喉音，司各特太太就停住了。不管什么样的大屠杀，成人不该在小女孩在场的时候谈论。

司各特太太已经走了，劳拉问妈妈大屠杀是什么。妈妈说她现在不能解释，劳拉长大以后就会明白的。

爱德华兹先生那天晚上又来帮忙做事，杰克又把他逼到木柴堆顶上去了。妈妈不得不把杰克牵走。她告诉爱德华兹先生她也不理解杰克，或许是外面的风让他心神不宁。

风吹过的时候发出奇怪而狂野的呼啸声，一下子就穿透了劳拉的衣服，就好像她没有穿衣服一样。她和玛丽把许多木材抱进屋里，两人的牙齿都打着战。

那天晚上，她们想到爸爸远在独立镇上。假如没有耽搁的话，他现在应该在外面露宿，在有很多房子和人的地方。明天他就会到店里去买东西。接着，假如他出发早的话，就会踏上回家的路，明天晚上他会在草原上露宿，后天晚上他就能回家了。

早晨大风凛冽，天寒地冻，妈妈只能把门关起来。劳拉和玛丽待在火炉边听着风声在房屋四周和烟囱里呼啸。那天下午，她们在想爸爸是否已经离开独立镇朝她们的方向出发了，这样的话就是逆风而行。

接着，天黑的时候，她们就想他在哪里露营。风如刀割一般寒冷，甚至钻进她们惬意的屋子，让她们背脊发冷。她们的脸在火炉边上烤得通红。爸爸在辽远、黑色的孤独草原上风餐露宿。

第二天非常漫长。爸爸不可能在早上回家，但她们一直等待着。下午她们开始张望从河谷延伸上来的路。杰克也在张望。他哀叫着想要出去，他围绕着马厩和木屋打转，然后停下来望着河谷，露出牙齿。

他被风吹着几乎站不稳。

杰克进门之后也不愿意躺下。他走来走去，很忧虑的样子。脖颈上毛发立起来，又平下去，接着又立起来。他试着向窗外张望，然后又对着屋子的门哀号。可是妈妈开了门之后，他又改变想法不愿意出去了。

"杰克在害怕什么？"玛丽说。

"杰克从来不害怕任何东西，从来不怕！"劳拉反驳。

"劳拉，劳拉，"妈妈说，"反驳别人是不好的。"

突然间杰克决定到屋子外面去。他出去瞧了瞧奶牛、小牛和本尼，他们都安全地待在马厩里，劳拉想对玛丽说：我跟你说吧！她没有说出来，但很想这样说。

干杂活的时间到了，妈妈把杰克关在家里，这样他就不能把爱德华兹先生逼到木材堆上去了。风把爱德华兹吹进门来。他喘着粗气，快冻僵了。他在火边取暖，然后开始干杂活，做完之后又坐下来取暖。

他告诉妈妈说印第安人已经在悬崖壁下驻营。他穿过河谷的时候看到了他们的炊烟，他问妈妈有没有枪。

妈妈说她有爸爸的手枪，爱德华兹先生说："我想这种天气，他们晚上会待在营地周围。"

"是的。"妈妈说。

爱德华兹先生说他睡在马厩里的干草上就挺舒服的，假如妈妈希望他晚上睡在马厩里，他可以照办。妈妈很和蔼地感谢他，不过她说不会让他这么麻烦。她们有杰克，会很安全的。

"英格尔斯先生随时可能回来。"她告诉他。爱德华兹先生就穿上外衣，戴上帽子围脖和手套，抓起自己的枪。他说他知道妈妈可以对付任何事情。

"是的。"妈妈说。

她在他身后关上门，把门闩插上，虽然黑夜还没有来。劳拉和玛丽可以很清楚地看到小河，她们就一直盯着小河看，一直到天黑。妈妈关上窗，把木质的护窗关上。爸爸还没有回来。

她们开始吃晚饭。她们开始洗碟子，清扫火炉，但他还是没有回来。外面黑暗的地方，风在呼啸哀号，吹得门闩和护窗不断震动。风尖叫着从烟囱里往下冲，炉火咆哮着旺起来。

劳拉和玛丽一直尖着耳朵听马车车轮的声音。她们知道妈妈也在听，虽然她在摇晃着凯丽哄她睡觉。

凯丽睡着了，妈妈还在摇晃着摇篮。最后她给凯丽脱去衣服把她放到床上。劳拉和玛丽看着对方，她们不想上床。

"睡觉了，孩子们！"妈妈说。然后劳拉央求妈妈让她们坐着等爸爸回来，玛丽也帮着求妈妈，妈妈最后同意了。

她们坐着等了很长时间。玛丽打了一个哈欠，劳拉也打了一个哈欠，她们两人都打着哈欠，但眼睛睁得很大。劳拉的眼睛看着东西变大又变小，有时候看到两个玛丽，有时候什么也看不到，但她坚持坐着等爸爸。突然间一声可怕的撞击声把她惊醒，妈妈把她抱起来——她刚从凳子上掉了下来，啪的一下摔在地上。

她试着告诉妈妈她还不困不想上床，但她打了一个巨大的哈欠，头几乎要裂开。

半夜里她直直地坐起来。妈妈静静地坐在火炉边的摇椅里。门闩和护窗发出哐哐的声音，风在咆哮。玛丽的眼睛睁开着，杰克上上下下地走着。然后劳拉又听到一声狂野的哀号，起来落下又起来。

"躺下来，劳拉，睡觉。"妈妈轻柔地说。

"那是什么东西在叫？"劳拉问道。

"是风，"妈妈说，"现在听我的话，劳拉。"

劳拉躺下来，但不肯闭上眼睛。她知道爸爸在外面的黑夜里，就是可怖的嚎叫响起来的地方。野人在河谷的崖壁下，而爸爸必须在黑夜里穿过河谷。杰克在低吼。

然后妈妈开始在舒适的摇椅上轻轻摇动。火光照着她膝盖上的手枪，向上向下地移动。妈妈唱着歌，轻松又甜蜜：

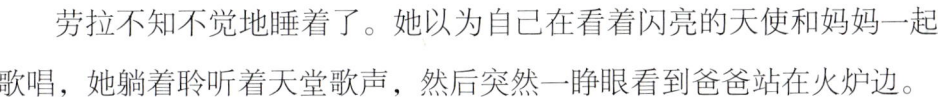

那里是幸福的地方，
很远，很远，
那里有圣徒沐浴在辉煌里，
像白昼一样放出光亮。

啊，听着天使歌唱，
荣耀归于上帝，我们的王——

劳拉不知不觉地睡着了。她以为自己在看着闪亮的天使和妈妈一起歌唱，她躺着聆听着天堂歌声，然后突然一睁眼看到爸爸站在火炉边。

她跳下床，大喊起来："哦，爸爸！爸爸！"

爸爸的靴子上盖着冻干的泥，鼻子冻得通红，他的头发狂野地立在头上。他太冷了，劳拉跑到他身边的时候感到冷气钻进睡衣。

"等会儿！"他说。他把劳拉包裹在妈妈的大围巾里，然后才拥抱她。一切都顺了过来，房子里跳动着火苗，很舒适，咖啡发出温暖的棕色气味，妈妈微笑着，爸爸站在那里。

围巾很大，玛丽把另一头裹在自己身上。爸爸脱下僵硬的靴子，暖和自己冻僵了的手。然后他坐到板凳上，把玛丽放在一个膝盖上，把劳拉放在另一个膝盖上，两人都裹在围巾里。她们光着的脚趾在炉火边上烤着。

"啊！"爸爸叹息道，"我以为再也回不到这里了。"

妈妈翻拣着爸爸带回来的杂物，把红糖舀到一只锡做的杯子里。爸爸从独立镇上买来了糖。"你的咖啡马上就好了，查尔斯。"她说。

"从这里到独立镇一路都在下雨，去的时候下，"爸爸告诉她们，"回来的时候，轮辐上的泥都冻住了，轮子都硬邦邦的。我只好下来敲敲松，这样马儿才好拉着车跑。还没走多少路我又得出来做同样的事。我只能这样让佩特和帕蒂逆风向前。她们太累了，都没有力气跟跑了。我从来没见过这样的大风，像刀锋一样。"

他还在镇上的时候风就起来了。人们告诉他最好等到风止住再出发，但他想要回家。

"我搞不明白，"他说，"他们为什么把南面来的风称为强北风，南面来的风居然可以这么冷。我从来没有见过这样的风。在这片土地上，南风的北端的风是我见过最冷的。"

他喝下咖啡，用手帕擦了擦胡子，然后说道："啊！这个咖啡可舒服了，卡洛琳！我现在开始融化了。"

然后他两眼放光地看了看妈妈,让她打开桌上的一个正方体包裹。

"小心点,"他说,"不要掉下去。"

妈妈打开包裹的时候突然停下来说:"啊,查尔斯!你不会吧。"

"打开来。"爸爸说。

在方方的包裹里,是八块正方形的窗玻璃。

他们就要有玻璃窗了。

所有的窗玻璃都没有碎。爸爸将它们安全地带回了家。妈妈摇了摇头说他不应该花那么多钱，但她整个脸都在微笑，爸爸开心地大笑起来。他们都很高兴。整个冬天他们都可以尽情望着窗外，太阳光也可以照进来。

爸爸说，他想妈妈、玛丽和劳拉都会喜欢玻璃窗，这是给她们最好的礼物，他想得没错。她们的确最喜欢玻璃窗。还有一个小纸袋里放着白糖。妈妈打开纸袋，玛丽和劳拉看到美丽的糖闪烁着白光，她们每个人都从勺子里尝了一小口。然后妈妈就仔细地把袋子扎好，有客人来的时候她们就可以拿糖出来招待了。

最棒的是，爸爸平安地回到了家。

劳拉和玛丽回床上睡觉，浑身都很舒服。爸爸在家的时候就一切静好。现在他有钉子、玉米面粉、肥猪肉和盐，什么都不缺。他可以很长时间不用再去镇上。

CHAPTER 18

高大的印第安人

那些日子里，北风呼啸尖叫着掠过草原，直到气力用尽。现在阳光很温暖，风很温暖，不过空气中已经有了一丝秋意。

印第安人骑着马踏上离小木屋很近的小路。他们经过木屋的时候对它视而不见。

他们很瘦，肤色是棕色的，浑身裸露。他们骑着小马驹，不用马鞍或辔头。他们笔直地坐在裸露的小马驹上，不会向左或向右看。但他们的黑眼睛炯炯有神。

劳拉和玛丽背靠木屋站立，望着印第安人。他们看到红棕色皮肤明亮地映照在蓝色天空之下，头顶的发辫上系着彩色绳带，羽毛微微颤动。印第安人的脸就像红棕色的木头，爸爸曾经用这样的木材给妈妈雕塑过一只手镯。

"我以为这条路很旧了，他们不会再用，"爸爸说，"我要是知道这

是一条常用的道路，就不会把木屋建在靠这么近的地方。"

杰克很仇视印第安人，妈妈说她不会责怪杰克。她说："我必须要说，这里的印第安人越来越多了，每次抬头都能看见一个。"

她说话的当口抬起头来，就看到那里站着一个印第安人。他站在门口看着她们，而他们什么也没有听到。

"天啊！"妈妈倒吸一口冷气。

杰克默然地向印第安人扑过去。爸爸一把抓住他的项圈，很及时。印第安人没有移动，他稳稳地站立着，好像杰克不存在似的。

"好啊！"他对爸爸说。

爸爸抓着杰克回答说："好啊！"他把杰克拖到床脚旁边拴起来。他这样做的时候，印第安人走进来在火炉旁蹲下来。

然后爸爸在印第安人旁边蹲下来，他们就坐在那里，很友好，但一言不发，妈妈把晚饭做完。

劳拉和玛丽靠在一起，安静地坐在角落里的床上。她们不能不看着印第安人。他很安静，头顶发辫上的老鹰羽毛没有任何动弹，只有赤裸的胸膛和肋骨下的肌肉随着呼吸略有起伏。他穿着皮质的护腿，他的皮靴上缀满了珠子。

妈妈用两只锡盘子给爸爸和印第安人端上晚饭，他们安静地吃起来。然后爸爸给印第安人一些烟草放在他的烟斗里。他们填充好烟斗，用火炉里的煤球点燃烟叶。他们就这样一直沉默地吸烟，直到烟斗吸空。

这段时间里任何人都没有说话。不过这时候印第安人对爸爸说了句什么。爸爸摇了摇头说："不懂。"

他们就又一起沉默地坐了一会儿。然后印第安人站起来，不出一声地走了出去。

"我的老天爷！"妈妈说。

劳拉和玛丽跑到窗户旁。他们看到印第安人挺直背脊坐在马驹上向远处走去。他的膝盖上放着一杆枪，枪的两头都向外突出。

爸爸说那个印第安人不是个普通小人物。爸爸从他头顶发辫形状判断他是一个奥萨奇①人。

"假如我没猜错的话，"爸爸说，"他说的是法语。我要是以前学过一点法语就好了。"

"让印第安人待在他们自己那里，"妈妈说，"我们也一样。我不喜欢印第安人偷偷到这里来。"

爸爸告诉她不用担心。

"那个印第安人非常友好，"他说，"他们在崖壁下营地里的时候也是很平和的。假如我们待他们好，又看好杰克的话，不会有任何麻烦。"

第二天早晨，爸爸打开门去马厩，劳拉看见杰克站在印第安人的小道上。他僵硬地站着，背上的毛发竖起，牙齿都露出来。一个印第安人坐在马驹上，就停在杰克前面的小道上。

印第安人和马驹都一动不动。杰克的姿态很明白，只要他们敢动，他就会跳起来。只有印第安人发辫上站立着的羽毛在风中飞舞旋转。

印第安人看着爸爸，他举起枪直直地对着杰克。

劳拉向门口跑去，不过爸爸动作更快。他挡在杰克和枪口之间，蹲下来一把抓住杰克的项圈。他把杰克拖离了印第安人的通道，印第

---

① 奥萨奇：北美平原上的印第安部落，"奥萨奇"的原意是"河中之人"。

安人就继续沿着这条路往前走。

爸爸双脚分得很开，两只手插在口袋里，看着印第安人向着草原深处越走越远。

"刚才实在太危险了！"爸爸说道，"要记住，这是他的路。印第安人的通道，我们来之前很久就有了。"

他把一个铁环固定在木屋的一根原木上，把杰克拴在上面。后来，杰克就一直被拴着。白天拴在屋子上，夜晚拴在马厩门上，因为盗马贼经常在这里出没。他们偷走了爱德华兹先生的马。

杰克被拴的时间长了，越来越急躁。但大家都没有办法。他不肯承认这条路属于印第安人，以为是爸爸的路。劳拉知道假如杰克伤害一个印第安人的话会闯下多大的祸。

冬天来了。草地色泽暗淡，天空也同样没有神色。风儿鸣咽着，好像在寻找什么无法企及的东西。野生动物披着冬天的厚皮毛。爸爸在河谷底部摆放了一些捕动物的夹子。他每天去查看这些夹子，每天去打猎。现在每天夜晚都冰冷刺骨，爸爸捕杀鹿来食用。他也打死过狼和狐狸，剥下它们的毛皮。他的夹子捕到过河狸、麝鼠和水貂。

他将动物皮毛在屋外摊开，仔细地钉在地上，准备晾干。晚上他用双手揉搓晒干的皮毛让它们变得更加柔软，然后就把皮毛卷起来堆在屋角。每天皮毛堆都会变高一点。

劳拉很喜欢抚摸红狐狸厚厚的皮毛，也喜欢河狸棕色松软的皮毛，还有不平整的狼的皮毛。不过她最喜欢的还是顺滑如丝的水貂皮。爸爸把这些皮毛存起来准备明年春天去独立镇上卖。劳拉和玛丽已经有兔子皮做的帽子，爸爸的帽子是麝鼠皮做的。

有一天，爸爸外出打猎的时候，两个印第安人来到小木屋。他们走进屋子，因为杰克被拴了起来。

那两个印第安人很脏，面容凶狠丑恶，好像他们是屋子的主人一样。一个人翻看妈妈的橱柜，把所有的玉米面粉拿走了。另一个人拿走了爸爸的烟叶袋。他们望了一眼爸爸放枪的木托。然后其中一个就抱起了屋角的那堆毛皮。

妈妈把宝宝凯丽抱在怀里，玛丽和劳拉站在靠近她的地方。她们看着那个印第安人拿走爸爸的毛皮，却没有办法制止。

那个印第安人把毛皮搬到门口。然后另一个印第安人对他说了些什么。他们对彼此发出一些低哑燥裂的声音，就把毛皮扔到地上。然后就离开了。

妈妈坐了下来。她把玛丽和劳拉紧紧拥在怀里，劳拉感到妈妈的心脏跳得厉害。

"好了，"妈妈微笑着说，"我很高兴他们没有把犁和种子拿走。"

劳拉很惊讶，她问道："什么犁？"

"犁和我们明年要用的种子都在那堆皮毛里。"妈妈说。

爸爸回家后她们把印第安人的事告诉了他，他看上去很严肃。不过他说终归是化险为夷。

那天晚上玛丽和劳拉躺在床上，爸爸拉着他的提琴。妈妈在摇椅里摇晃，把宝宝凯丽抱在怀里，开始轻柔地跟着提琴声唱起来：

一个印第安姑娘四处游荡，
聪明的阿尔法拉塔……
就在蓝色的朱尼亚塔河
流淌之地。
我的箭矢硬朗忠实，
插在我彩绘的箭囊里，
我轻便的小舟快捷地滑动，
沿着湍急的河流往下游行进。

我的好勇士毫无畏惧，
阿尔法拉塔的爱人，
他灿烂的翎羽骄傲地舞动，
出没在朱尼亚塔河两岸。
他对我轻柔低沉地说话，
随后发出战斗的呐喊，
如惊雷般在空中萦绕
回荡在层层天宇。

印第安姑娘就这样唱着，
聪明的阿尔法拉塔，
就在蓝色的朱尼亚塔河
掠过之地。
飞逝而去的时光带走
阿尔法拉塔的声音，
仍然在流淌着的
是蓝色的朱尼亚塔河。

妈妈的声音和提琴的音乐轻柔地飘散了。劳拉问道:"阿尔法拉塔的声音去哪儿了,妈妈?"

"天啊!"妈妈说道,"你还没睡着吗?"

"我就要睡了,"劳拉说,"不过请先告诉我阿尔法拉塔的声音去哪儿了。"

"啊,我想是去西方了,"妈妈回答说,"印第安人总是去那里。"

"为什么呢,妈妈?"劳拉问道,"他们为什么要去西方?"

"他们必须要去。"妈妈说。

"为什么必须要去?"

"政府命令他们去,劳拉,"爸爸说道,"现在快睡觉吧。"

爸爸又轻柔地弹奏了一会儿提琴。然后劳拉问道:"爸爸,我还能再问一个问题吗?"

"要说'请问爸爸'。"妈妈说。

劳拉就再说一遍:"爸爸,请问,我能……"

"什么问题?"爸爸问道。小女孩打断别人的话是不礼貌的,不过爸爸当然可以这样做。

"政府会让这里的印第安人到西边去吗?"

"是的,"爸爸说道,"白人移民到一个地方来的时候,印第安人就必须要离开。政府会让这些印第安人迁居到西边去的,很快了。这就是为什么我们搬到了这里,劳拉。白人会遍布这整个国家,我们住的地方最好,因为我们是先来的,有很多选择。现在你明白了吗?"

"是的,爸爸,"劳拉说道,"不过,爸爸,我以为这里是印第安领地,让他们离开他们不会生气吗……"

"不要再问了,劳拉,"爸爸说道,声音很坚决,"睡觉吧。"

CHAPTER 19

爱德华兹先生遇见圣诞老人

　　白昼很短也很刺骨，风尖锐地呼啸，但没有下雪，只是下着冰凉的雨。雨一天又一天地下着，在屋顶上发出噼噼啪啪的声音，从屋檐上流淌下来。

　　玛丽和劳拉待在离壁炉很近的地方，在她们自己的一角缝着一块拼接被，要么就是用包装纸剪纸娃娃，听着窗外湿漉漉的雨声。每天晚上都很冷，让她们觉得第二天早晨会下雪，但到了早上只看到悲伤湿润的青草。

　　她们把鼻子贴在爸爸做的窗玻璃上，她们很高兴能向外张望。不过她们满心希望可以看到雪。

　　圣诞节马上要来了，劳拉感到很焦虑，圣诞老人和他的驯鹿没有雪就没法旅行。玛丽担心即使下雪，圣诞老人也会找不到他们，因为她们住在印第安领地这块偏僻的地方。她们问妈妈，她说她也不知道。

"今天是周几？"她们问她，语气很焦虑，"离圣诞节还有几天？"她们用手指数着这些时日，一直到只剩下一天的时候。

早晨仍然在下雨。天空一片灰色，一点缝隙也没有。她们几乎肯定不能过圣诞节了，不过她们还是没有放弃希望。

快到中午的时候，光线发生了变化。云朵向四处散开，在清澈的蓝天上放出白光。太阳照耀着，鸟儿在歌唱，成千上万颗水珠在草地上闪烁。不过当妈妈打开门让新鲜冰冷的空气进来时，她们可以听到河流的咆哮声。

她们还没有思考过河的问题，现在她们知道她们过不了圣诞节了，因为圣诞老人不能渡过咆哮的河流。

爸爸进来了，带来了一只肥硕的火鸡。他打赌说这只火鸡超过二十磅，要不然他就把火鸡连皮带毛一起吃下去。他问劳拉说："圣诞节晚餐吃这个怎么样？你觉得你能吃下一只鸡腿吗？"

她说，好的，她可以吃下，不过她很严肃。然后玛丽问他河水水位是否在下降，他说还在上涨。

妈妈说这太糟糕了。她不想看到爱德华兹先生在圣诞节那天吃自己的单身汉晚餐。他们曾邀请爱德华兹先生来与他们共进晚餐，但爸爸摇了摇头说，谁现在想要渡河就是不要命了。

"不行，"他说，"水流太汹涌了。我们只好坚定地对自己说爱德华兹先生明天不会来了。"

当然这就说明圣诞老人也不会来了。

劳拉和玛丽试着不去太在意。她们看着妈妈给野生火鸡填料，这是一只很肥的火鸡。她们是幸运的小女孩，有一座好看的屋子住，身边有一个温暖的火堆，还有这么大的火鸡可以在圣诞晚餐时享用。妈妈是这么说的，说得没错。妈妈说很遗憾圣诞老人今年不能来了，不过她们都是很优秀的女孩，他不会忘了她们的，他明年一定会来。

不过她们还是闷闷不乐。

那天晚餐后她们洗手洗脸，扣好红色法兰绒睡衣的扣子，系好睡帽的系绳，严肃地念祈祷词。她们在床上躺下，把被单拉上来盖好。这一点也不像是圣诞节。

爸爸妈妈沉默地坐在火边。过了一会儿，妈妈问爸爸为什么不拉提琴，他说："我现在没有心思，卡洛琳。"

过了那个时间，妈妈突然站起来。

"我要去把你们的袜子挂起来，孩子们，"她说道，"也许会发生些什么。"

劳拉的心脏快速地跳起来。不过她又想起往上涨的河水，就知道什么也不会发生。

妈妈拿了玛丽和劳拉每人一只干净袜子，把袜子挂在壁炉台两端的下方。玛丽和劳拉把身体探出被子看着妈妈。

"现在快睡觉吧，"妈妈亲吻她们，祝她们晚安，"你们如果睡着的话，早晨很快就到了。"

妈妈又在壁炉旁坐下。劳拉快要睡着了，不过她突然醒了一会儿，听见爸爸说："你这样做她们只会更难过，卡洛琳。"她觉得妈妈似乎回了一句："不会的，查尔斯，有白糖呢。"不过她也可能在做梦。

随后她听见杰克凶狠地吼叫。门闩摇晃了一下，有人说："英格尔斯！英格尔斯！"爸爸在拨旺炉火，他打开门的时候，劳拉发现已经是早上了。门外灰蒙蒙的。

"天啊，爱德华兹！进来吧，伙计！发生了啥？"爸爸大叫起来。

劳拉看见袜子空荡荡地挂在那里，就把闭着的眼睛埋到枕头里。她听见爸爸往火炉里送木材，听见爱德华兹先生说他把衣服托在头顶，游过了河。他的牙齿在打战，声音颤抖。不过他说他没事，暖和了就好了。

"你这样太冒险了，爱德华兹，"爸爸说，"我们很高兴你过来，不过为了一顿圣诞晚餐，这风险也太大了。"

"你的孩子们必须要过圣诞，"爱德华兹先生回答说，"任何河流都不能阻挡我，我可是从独立镇给孩子们带来了礼物。"

劳拉直直地从床上坐起来。"你看到圣诞老人了吗？"她喊起来。

"当然见到了。"爱德华兹先生说。

"在哪里？什么时候？他长什么样？说了什么没有？他真的让你给我们带礼物了吗？"玛丽和劳拉叫起来。

"等等，等一会儿！"爱德华兹先生笑起来。妈妈说她会把礼物放在袜筒里，这也是圣诞老人的意愿。她说孩子们不能偷看。

爱德华兹先生过来坐在她们床边的地板上，他回答她们问的每一个问题。她们很诚实，试着不去看妈妈，的确没有看到她在放什么礼物。

爱德华兹先生说，他看到河水涨起来的时候，就知道圣诞老人过不了河。（"不过你游过来了。"劳拉说。"是的，"爱德华兹回答说，"不过圣诞老人太老太胖了，他游不过来。而我又瘦又高，像一把剃刀，所以可以过河。"）爱德华兹先生推论说，假如圣诞老人不能过河，最远只会到独立镇。明知道要被挡回去，他为什么要走四十英里的路到草原上来呢？他肯定不会来啊！

因此爱德华兹先生就走着去独立镇。("淋着雨过去吗？"玛丽问道。爱德华兹先生说他穿了橡胶雨衣。)在那里，他遇见了圣诞老人。("白天遇到的吗？"劳拉问道。她不知道白天也可以看到圣诞老人。爱德华兹先生说，不是的，是夜晚，不过街对面的酒馆里有光线照出来。)

圣诞老人说的第一句话是："你好，爱德华兹！"("他认识你吗？"玛丽问道。劳拉说："你怎么知道那是真的圣诞老人？"爱德华兹先生说圣诞老人认识每个人。他看到胡须就认出圣诞老人了。圣诞老人的胡须是密西西比以西一带最长最厚最白的。)

圣诞老人说："你好，爱德华兹！上次见你的时候你还睡在田纳西的玉米皮床上呢。"爱德华兹先生记得很清楚，圣诞老人那时候给他留下了一对小小的红色毛线手套。

随后圣诞老人说："我知道你现在住在弗迪格里斯河边。你在那里的时候有没有遇见过叫玛丽和劳拉的两个小女孩？"

"我当然认识她们。"爱德华兹先生回答。

"我心里一直放着这件事，"圣诞老人说，"她们两个都是很可爱很漂亮很听话的女孩，我知道她们在等我。我当然不想让这样两个好孩子失望。不过河水这么高了，我过不了河。我想不出其他可以去她们小木屋的方法。爱德华兹，"圣诞老人说，"你这回能不能帮我给她们带点礼物？"

"好的，我会的，很乐意帮忙。"爱德华兹先生告诉他。

随后，圣诞老人和爱德华兹先生就穿过小路来到拴着那两头驮骡的柱子边上。("他带着驯鹿吗？"劳拉问。"你知道他带不了，"玛丽说道,"没有下雪。""对啊。"爱德华兹先生说。圣诞老人在西南地区总是拴着驮骡出行。)

随后,圣诞老人解开包裹查看了一下,把给玛丽和劳拉的礼物取了出来。

"啊,是什么礼物?"劳拉叫起来。不过玛丽问道:"然后他又做了什么呢?"

原来,圣诞老人与爱德华兹先生握了握手,就跳上了自己那匹漂亮的枣红色马。圣诞老人虽然体态笨重,不过骑术不错。他把自己长长的白胡子束在头巾里。"再见,爱德华兹。"他说完就吹着哨驾着自己的驮骡,沿着道奇堡小道离开了。

劳拉和玛丽沉默了一会儿,思索这个场景。

然后妈妈说:"你们可以看礼物了,孩子们。"

劳拉的袜筒顶端有一个闪亮发光的东西。她尖叫着跳下了床。玛丽也是如此,但劳拉比她先到壁炉边上。这个闪烁的东西是一个崭新发光的锡杯子。

玛丽的那个杯子和这个一模一样。

这两只新的锡杯子属于她们自己。她们现在每个人都有一个杯子可以喝水了。劳拉跳上跳下地尖叫和大笑,但玛丽安静地站着,双眼放光地看着自己的锡杯子。

随后她们又把手伸进袜筒。这回拉出来两根很长的糖果——是红白条纹的薄荷糖。她们一直注视着漂亮的糖果,劳拉舔了一下自己的那根,就舔了一下。但玛丽没有这么贪吃,她一口也没有舔。

袜筒还没有空。玛丽和劳拉又拉出来两个小包裹。她们打开包裹,各自都发现了一个小小的心形蛋糕。蛋糕精致的棕色表面上撒着白色的糖，晶莹的糖粒像积雪一样铺开。

这些蛋糕太漂亮了，让人舍不得吃。玛丽和劳拉只是盯着它们看。不过最终劳拉把她的蛋糕倒过来，在底部咬了一小口，从上面看不出来。小蛋糕的里面是白色的！

蛋糕是用纯的白面粉做的，用白糖增加了甜度。

劳拉和玛丽根本没想到要继续往袜筒里看。锡杯子、蛋糕和糖果已经太多了。她们已经高兴得说不出话来。不过妈妈问她们袜子是不是真的空了。

然后她们又把手伸到里面去检查。

在两只袜子的拇指里都分别找到一枚崭新发亮的硬币！

她们从来没想到自己会拥有一枚硬币，很难想象能拥有完全属于自己的一枚硬币，很难想象可以同时拥有锡杯子、蛋糕、一块糖果和一枚硬币。

从来没有过这么棒的圣诞节。

这时候，劳拉和玛丽当然应该想到要感谢爱德华兹先生从独立镇这么远的地方给她们带来这么可爱的礼物。不过她们已经忘记了圣诞老人。她们本来会很快想起来的，不过妈妈已经轻柔地提醒她们说："你们不应该谢谢爱德华兹先生吗？"

"啊，谢谢，爱德华兹先生！谢谢你！"她们说道，都十分真诚。爸爸也连续握了两下爱德华兹先生的手。爸爸妈妈和爱德华兹先生看上去要感动哭了，劳拉不知道为什么，所以她就盯着自己的漂亮礼物看。

妈妈哽咽的时候劳拉又抬起头看。爱德华兹先生从口袋里掏出红薯。他说他游过河的时候,这些红薯帮他平衡头顶的包袱。他觉得爸爸妈妈会喜欢有红薯配着圣诞火鸡吃。

一共有九个红薯,也是爱德华兹先生从远处镇上一路带过来的。太多了。"这太多了,爱德华兹。"爸爸说道。他们永远也谢不够他。

玛丽和劳拉太激动,都吃不下早餐了。她们用新的锡杯子喝牛奶,但吃不下炖兔子肉和玉米面饼。

"不要强迫她们吃了,查尔斯,"妈妈说,"马上就是午饭时间了。"

圣诞正餐有鲜嫩多汁的烤火鸡。还有红薯,红薯是在灰烬堆里烤熟的,仔细地擦拭过,美味的表皮也可以吃。剩下的白面粉做了一个用陈面团发酵的面包。

这些菜品之后还有黑莓干炖

酱和小蛋糕。不过这些小蛋糕是用红糖做的，上面没有撒白糖。

　　然后爸爸妈妈和爱德华兹先生坐在火边谈论过去在田纳西和北面的大树林度过的圣诞节。玛丽和劳拉看着她们漂亮的蛋糕，把玩她们的小硬币，从新的杯子里喝水。她们一点点地舔着吸着自己的糖果棒，让两头都变得尖尖的。

　　那是一个幸福的圣诞节。

CHAPTER 20

夜晚的尖叫

这个时节，白昼短暂而灰暗，夜晚很黑很冷。云朵悬挂在小木屋上方很近的地方，在阴暗的草原上低低地垂着，一直伸展到很远的地方。雨水落下来，有时空中有雪花飘动。雪花微小的硬粒在风中飞舞，掠过残留的青草弯曲的背脊。第二天雪就化了。

每天爸爸都去狩猎和设陷阱。生着火的小木屋很舒适，玛丽和劳拉帮妈妈劳动。然后她们开始缝拼接被。她们和凯丽一起玩"拍蛋糕""找顶针"①。她们用一根绳子和手指玩翻绳游戏。她们也会玩"豌豆稀粥热"。她们面对面站着，一遍遍拍手，彼此击掌，有节奏地念诵儿歌：

---

① 拍蛋糕游戏是儿童一边唱《拍蛋糕》歌谣，一边做出做蛋糕的动作，同时与另一名儿童击掌。找顶针是一个儿童游戏，一个儿童藏好一个小物件，其他儿童争着找到这个物件。

豌豆稀粥热，

豌豆稀粥冷，

豌豆稀粥在锅里，

捆了九天整。

有的人喜欢热粥，

有的人喜欢冷粥，

有的人喜欢在锅里的粥，

捆了九天整。

这是真的。豌豆稀粥是最美味的晚餐，妈妈会在里面放一点咸猪肉，等爸爸打猎结束精疲力竭地从冰天雪地里回家的时候，盛到锡做的盘子里。劳拉喜欢热粥，也喜欢冷粥，只要不变质就一直很好吃。不过豌豆稀粥不可能放九天。她们很快就把粥喝完了。

整整一个冬天大风不止，呼啸咆哮，哀号尖叫，悲伤地抽泣。她们已经很习惯听风的声音了。一整天都能听到，晚上在睡梦中也知道外面在刮着大风。不过有一天夜晚，她们听到一声惨叫，都醒了过来。

爸爸从床上跳起来，妈妈说："查尔斯！那是什么声音？"

"是一个女人在尖叫。"爸爸说道，他尽快地穿上衣服，"好像是从司各特的屋子那边传来的。"

"啊，出了什么事？"妈妈大声叫起来。

爸爸穿上靴子。他先把脚伸进靴子，然后让手指穿过长长靴筒上端的带子。然后他使劲地拉了一下，又重重跺了一下脚，靴子就穿上了。

"也许司各特病了。"他说，又把另一只靴子拉上来。

"你觉得他会不会……"妈妈小声地问。

"不会的，"爸爸说，"我一直和你说他们不会惹麻烦的。他们待在悬崖壁之间的营寨里，很安静也很和平。"

劳拉开始下床，但妈妈说："睡下去，躺着别动，劳拉。"所以她就躺了下去。

爸爸穿上厚重鲜艳的格子大衣，戴上皮帽子和手套。他点亮提灯里的蜡烛，取下枪，匆匆忙忙地出门去了。

他从身后关上门的一瞬，劳拉看到了外面的黑夜——漆黑漆黑的，没有一颗星星在闪烁。劳拉从没见过这么结结实实的黑夜。

"妈妈？"她说。

"怎么了，劳拉？"

"为什么外面这么黑？"

"要下暴风雨了。"妈妈回答说。她把门闩上的绳子拉进来，往炉火里投进了一块木头。然后她就回到床上去了。"快睡吧，玛丽、劳拉。"她说道。

但是妈妈没有入睡，玛丽和劳拉也没有。她们睁大双眼听着声音。但什么也听不到，只有风声。

玛丽把头埋在被子下，对劳拉轻声耳语："我要爸爸回家来。"

劳拉在枕头上点了点头，但说不出任何话。她好像看到爸爸沿着悬崖顶部向前进，走在通往司各特先生的屋子的路上。烛火的白色小光晕从锡做的提灯破洞里照出来，跌跌撞撞的。摇曳的小火苗看上去消失在了重重黑夜中。

过了很长时间，劳拉轻轻说道："肯定快要天亮了。"妈妈点了点头。她们就这样一直躺着听风的声音。爸爸还没有回家。

然后她们又一次在呼啸的风声之中听到了那声可怖的尖叫。听上去离木屋很近。

劳拉也尖叫了起来，从床上跳下来。玛丽蜷缩到被子底下。妈妈起身来匆忙穿起衣服。她在火炉里又添上一块木材，告诉劳拉回到床上去。不过劳拉拼命恳求，妈妈说她可以起床。"用头巾裹住自己。"妈妈说道。

她们站在火炉边倾听。她们什么声音也听不到，只有风声。什么也做不了，不过至少她们不会再躺到床上去了。

突然门上响起哐哐的敲门声,爸爸叫起来:"让我进来!快点了,卡洛琳!"

妈妈打开门,爸爸进来后很快重重地关上了门。他上气不接下气。他把帽子向后推了一下,说道:"嗨!我还是很后怕。"

"怎么了,查尔斯?"妈妈说道。

"一只猎豹。"爸爸说。

他当时尽快地向司各特先生的家里赶过去。他到了那里的时候,屋子里一片漆黑寂静。爸爸绕着屋子走了一圈,倾听着,提着提灯寻找。他看不出任何不对劲的地方。他感到自己是一个傻瓜,大半夜起床穿好衣服走了两英里,就因为听到了风的呼啸。

他不想让司各特先生和夫人知道这件事,因此就没有叫醒他们。他尽快往家走,夜风凌厉地吹着。他正沿着悬崖顶旁的小路急忙向前走着,突然听到脚下传来一声尖叫。

"我告诉你,我的头发都竖起来了,把帽子也顶上去了,"他告诉劳拉,"我拼命向家的方向跑,好像一只受惊的兔子。"

"猎豹在哪里,爸爸?"她问爸爸。

"在一棵树上,"爸爸说,"就在悬崖壁旁生长的大棉花树顶上。"

"爸爸,它追你了吗?"劳拉问道。

他说:"我不知道,劳拉。"

"好吧,你现在安全了,查尔斯。"妈妈说。

"是啊,我很高兴。今天的夜晚太黑了,猎豹可真可怕。"爸爸说,"好吧,劳拉,我的脱靴板呢?"

劳拉把脱靴板给他拿过去。脱靴板是一块薄薄的橡木板,一头有一个凹口,中间有一个凸起的木栓。劳拉把这块板放在地上,木栓朝下,有凹口的一头就翘起来。然后爸爸一只脚踩在上面,把另一只脚放在凹口里,凹口就钩住靴子的后跟,让爸爸把脚拔出来。然后他用同样的方法脱下另一只靴子。靴子紧紧地抱住脚,不过总是要被脱下来的。

劳拉看着他脱靴子,然后就问道:"猎豹会把一个小女孩叼走吗？"

"会的，"爸爸说，"也会杀死她，吃了她。你和玛丽必须待在屋子里，直到我把猎豹杀死。天一亮我就拿着枪去找它。"

第二天爸爸用了一整天去猎杀豹子。第三天、第四天仍然在捕猎。他找到了猎豹的足迹，也找到了猎豹吃剩下的羚羊毛皮骨血，但就是找不到猎豹。猎豹在树顶上轻捷地行走，不留下任何足迹。

爸爸说假如不杀死那个猎豹他就不会停手。他说："不能让猎豹在有小女孩的地方出没。"

不过他没有杀死那个猎豹，也没有停止捕猎。有一天他在树林里遇到了一个印第安人。他们站在阴湿的树林里看着对方，但因为不懂对方说什么无法交谈。但印第安人指出猎豹的足迹，然后用枪做了一个动作告诉爸爸他已经把猎豹给杀死了。他又指了指树梢和地面，告诉爸爸是他将猎豹射中，让它从树上掉了下来。他又指了指天空，西边和东边，意思是他是前天杀死猎豹的。

这样就没事了。猎豹已经死了。

劳拉问爸爸猎豹会不会也把印第安宝宝抓走吃掉，爸爸说会的。大概这就是为什么印第安人要杀死猎豹吧。

CHAPTER 21

印第安人的庆典

冬天终于结束了。风声更柔和了，严寒已经过去。有一天，爸爸说他看到一群野鹅向北面飞去。现在可以将毛皮带去独立镇了。

妈妈说："印第安人离我们好近！"

"他们非常友善。"爸爸说。他在林子里打猎的时候经常遇到印第安人。他们根本不需要害怕印第安人。

"不。"妈妈说。劳拉知道妈妈害怕印第安人。"但你必须要去独立镇，查尔斯，"她说，"我们要买一把犁和一些种子。而且你很快就要回来。"

第二天早晨破晓之前，爸爸将佩特和帕蒂套上马车，把毛皮堆到车上，就出发了。

劳拉和玛丽数着漫长空虚的日子。一天、两天、三天、四天，然后爸爸就要回家了。第五天早上她们开始焦急地张望。

那天很晴朗。风中还有一丝阴冷，不过已经有春天的味道。宽阔的蓝色天空中回响着野鸭和野鹅的嘎嘎叫声。它们连成长长的黑色虚线向北方飞去。

劳拉和玛丽在野外甜美的天气中玩耍。可怜的杰克看着她们叹气。他被拴住了，暂时不能奔跑玩耍。劳拉和玛丽试着安慰他，但他不想要她们的爱抚。他想要重获自由，和之前一样。

爸爸那天上午没有回来，下午也没有回来。妈妈说他卖毛皮肯定花了不少时间。

那天下午劳拉和玛丽在玩跳房子游戏。她们用棍子在院子里的泥地上画出几根线。玛丽其实不想跳——她快要八岁了，觉得跳房子不是淑女该玩的游戏。但劳拉哄她取笑她，说假如她们待在屋子外面，爸爸从河谷上来的时候她们就能第一时间看到。玛丽就听她的话跳起了房子。

突然间玛丽停了下来，用一只脚站着，说："那是什么？"

劳拉也已经听到了奇怪的声音，并正在认真听。她说："是印第安人。"

玛丽放下了另一只脚，呆呆地站着。她害怕了。劳拉并不怎么害怕，但那声音让她感觉奇怪。听上去印第安人人多势众，发出砍伐树木一般的高喊声。这声音有点像斧头砍伐的声音，又像是狗的叫声，听上去像一首歌，但又不像劳拉听到过的任何歌声。这声音狂野尖利，但并不愤怒。

劳拉试着听得更清楚一些。她听不太清，因为有山丘、树木和风的阻挡，而且杰克又在狂吼。

妈妈来到屋外听了一会儿。然后她告诉玛丽和劳拉进屋子去。妈妈把杰克也拉到屋子里，将门闩上的绳子收了进来。

她们不玩了。她们看着窗户听着那声音。在屋里更加听不清，她们就继续伸长耳朵。但这个声音停止了。

妈妈和劳拉开始做杂事，比平时要提前。她们把本尼和奶牛、小牛关在牛圈里，把牛奶也搬进屋。妈妈用力地提起牛奶桶放到一边去。她又从井里打上来一桶干净的水，劳拉和玛丽把木材搬了进来。她们做这些事的时候那个声音又响起来，比之前更响更快。劳拉的心脏跳得快起来。

太阳慢慢地沉了下去。草原四周的地平线发出粉色光芒。萤火虫在昏暗的屋子里闪烁，妈妈在准备晚餐，但劳拉和玛丽安静地张望着窗外。她们看到世界的色彩正在褪去。地面覆盖着阴影，天空很清澈，是淡灰色的。河谷那边仍旧传来那种声音，越来越响，越来越快。劳拉的心脏也跳动得更快更剧烈。

她看到马车的时候叫得可欢快了！她跑到门边上下跳跃，但够不到门闩。妈妈不允许她出去。妈妈自己出去了，帮爸爸把包裹拎进来。

爸爸抱着许多东西进屋来，劳拉和玛丽抓住他的袖子，跳到他的腿上。爸爸爽朗地笑起来。"嘿！嘿！不要把我推倒！"他大笑起来，"你以为我是什么？一棵可以爬上去的树吗？"

"听，爸爸，"劳拉说道，"快听印第安人的声音。他们为什么要发出这样奇怪的声音？"

"哦，他们正在举行一种集会，"爸爸说，"我穿过河谷的时候已经听到了。"

然后他走出去把马匹卸下来，将剩下的包裹拿进来。他买到了锄犁，已经放到了马厩里，不过为了安全起见他把种子都放到屋子里。他也买了糖，不是普通的白糖，而是红糖——白糖太昂贵了。不过他也买了一点白面粉，还有玉米面粉、盐、咖啡和他们需要的所有种子。爸爸甚至买来了种子土豆。劳拉真希望他们可以吃掉这些土豆，但必须要存着栽种。

然后爸爸的脸上放出光芒，他打开一个纸袋子。里面有很多饼干。他把纸袋子放在桌上，在旁边又放上了一个装着腌黄瓜条的小巧玻璃罐。

"我觉得我们都应该享受一些美食。"他说。

劳拉流着口水，妈妈看着爸爸，双眼放出柔和的光芒。他还记得妈妈很想吃腌黄瓜。

这还不是全部。他递给妈妈一只小纸包，又看着她打开，里面是一块漂亮的花布料，可以让她做连衣裙。

"哦，查尔斯，你不应该破费的！太多了！"她说。不过她的脸和爸爸的脸一样，都闪耀着欢乐的光。

他把帽子和格子大衣都挂在钩子上。他的眼睛往旁边看了看劳拉和玛丽，不过没说什么。他坐下来，把腿伸到炉火边上。

玛丽也坐下来，手臂交叉放在膝盖上。但劳拉爬到爸爸的膝头上用拳头捶他。"在哪里？在哪里？我的礼物呢？"她一边说一边捶他。

爸爸朗声笑了起来，像巨钟鸣响，他说："哇，我相信我的衬衫口袋里有个东西。"

他拿出一个形状奇怪的包裹，很慢很慢地打开来。

"你先来，玛丽，"他说，"因为你很有耐心。"他递给玛丽一把发插。"这是你的，心急鬼①！"他对劳拉说。

两把发插一模一样。它们是用黑色橡胶做的，弯过来正好可以戴

---

① 心急鬼：出自莱曼·弗兰克·鲍姆的小说《奇妙的奥兹男巫》（1939 年改编成电影《绿野仙踪》），小说中魔法师奥兹所在的翡翠城里住着一群"心急鬼"，总是无端为小事坐立不安。

在小女孩的头顶上。发插的上层有一块平平的黑色橡胶，上面有一些细细弯弯的镂空，当中是一只小五角星形状的开口。下面是一层鲜艳的缎带，颜色从五角星里透出来。

玛丽发插上的缎带是蓝色的，劳拉发插上的缎带是红色的。

妈妈帮她们把头发整理到后面，然后把发插戴上去，这样在玛丽前额上方金发的中间就出现了一颗蓝色星星，在劳拉前额上方棕色头发的中间出现了一颗红色星星。

劳拉看着玛丽的星星，玛丽看着劳拉的星星，都开心地笑起来。她们从来没见过这么漂亮的东西。

妈妈说："查尔斯，但是你没有给自己买任何东西！"

"哦，我给自己买了一把犁。"爸爸说，"天气马上要暖和起来了，我要犁地了。"

那天晚饭是他们很久以来吃得最开心的一顿晚饭。爸爸安全回到了家。油炸的腌猪肉很好吃。他们吃了几个月的野鸭、野鹅、火鸡和鹿肉，需要换换口味。那些脆饼配上绿色腌黄瓜也是极致的美味。

爸爸和她们说买种子的故事。他

买了郁金香、胡萝卜、洋葱和包菜种子，也买了豌豆和大豆，买了玉米、小麦、烟草和种子土豆，还有西瓜种子。他对妈妈说："我告诉你，卡洛琳，我们的土地很肥沃，等我们开始收获农作物的时候，就会活得像国王一样了！"

他们几乎忘了印第安营地传来的声音。窗户上的百叶窗关上了，风儿在烟囱和屋子四周发出呜咽。他们已经很熟悉风声了，所以没有知觉。风儿静下来的时候，劳拉又听到了从印第安营地传来的那种狂野、尖利、节奏迅疾的声音。

随后爸爸开始对妈妈说话，劳拉安静坐着凝神聆听。他说独立镇上的人说政府要将白人移民都赶出印第安领地。他说印第安人为此事抱怨，也已经收到了华盛顿的回复。

"啊，查尔斯，这可不行！"妈妈说，"我们已经做了很多努力了。"

爸爸说他不相信这个传言。他说："他们一直让移居民保有自己的土地。他们还会让印第安人离开的。我不是直接从华盛顿接到消息说这片土地很快就要向移居民开放了吗？"

"我希望他们能赶快决定，不要再反复讨论了。"妈妈说。

劳拉上床后醒着躺了很长时间，玛丽也是这样。爸爸妈妈坐在火光和烛光前阅读。爸爸从堪萨斯带来一张报纸，他正在念给妈妈听。新闻说明爸爸是对的，政府不会对白人移民采取任何措施的。

每次风声弱下去的时候，劳拉都能隐约听到从印第安营地传来的狂野的集体呼喊声。有时候即使风声呼啸，她还是可以听到尖利的狂欢叫声。这些声音让她的心脏突突、突突地跳动。"嗨！嗨！嗨——呀！哈！嗨！哈！"

CHAPTER 22

草原大火

春天已经来了。温暖的风中有种令人激动的气息，户外景象开阔、明亮，也很甜美。巨大闪亮的白色云团在清澈的天空中飘浮。它们掠过草原，投下细长的棕色阴影，草原其他部分都染上了已经枯死的青草清浅而柔软的色泽。

爸爸正在开掘草皮，佩特和帕蒂拖着犁。草皮里有缠绕在一起的粗硬草根。佩特和帕蒂使尽浑身气力缓慢地向前，锋利的犁耙缓缓地翻起长长的一整块泥土。

枯草很高很密，紧紧地抓着草皮。虽然爸爸在犁地，却没法犁好。一条一条翻起的草皮下还是草根，青草杂乱地戳出来。

不过爸爸、佩特和帕蒂继续工作。他说今年土豆和玉米就会生长，明年草根和枯草都会腐烂，两三年后他就可以有一块很棒的犁好的地。爸爸很喜欢这片土地，因为它很肥沃，没有树或树桩，也没有岩石。

现在有许多印第安人沿着印第安人的通道骑着马过来。到处都是印第安人。他们打猎的时候，枪声在河谷里回荡。没人知道草原上有多少印第安人，草原看似很平整，实际并不如此。劳拉经常会突然看到不知从哪里冒出来的印第安人。

印第安人经常造访他们的木屋。有些很友好，有些很暴躁，怒气冲冲的。他们所有人都想要食物和烟草，他们要什么妈妈总是会给他们。她害怕不给的话，他们会对她不利。印第安人如果指着一个东西嘟囔一下，她就把那个东西给他。不过大部分吃的都藏起来锁好了。

杰克情绪总是不好，对劳拉也是如此。他一直被拴在绳子上，就只好躺着在心里讨厌印第安人。劳拉和玛丽已经很习惯看到印第安人了，看到印第安人一点都不惊讶。不过她们在爸爸和杰克身边才感到比较安全。

有一天她们在帮妈妈准备晚饭。宝宝凯丽在洒满阳光的地上玩耍。突然阳光就不见了。

"我相信要下暴雨了。"妈妈说，向着窗外望去。劳拉也望出去，看到大片乌云从南边涌过来，遮住太阳。

佩特和帕蒂从田野里跑过来，爸爸抓着重重的犁耙在后面迈着大步跟上。

"草原起火了！"他大叫起来，"在桶里装满水！放麻布袋进去！快！"

妈妈跑到井边，劳拉跑过去把木桶拖过来。爸爸把佩特拴在房子上。他把奶牛和小牛从拴马绳上解下来，关在马厩里。他抓住本尼，把她牢牢地拴在木屋北面角落。妈妈尽快打起一桶桶的水。劳拉跑过去取爸爸从马厩里扔出来的麻袋。

爸爸在屋子旁边犁着土沟，对佩特和帕蒂喊叫着，让她们加快速度。天空变黑了，天色就像傍晚一样暗黑。爸爸用犁耙在木屋的西边和南边犁出一条长长的土沟，随后又绕回到东边。兔子从他身边跑过去，好像没看到他一样。

佩特和帕蒂小跑着过来，犁耙和爸爸跟在她们后面一蹦一跳。爸爸把她们拴在木屋另一个北面的角落。木桶里装满了水。劳拉帮妈妈把麻袋按到水里浸湿。

"我只来得及犁出一条沟。没时间了。"爸爸说道，"快点，卡洛琳。这场火跑起来比马要快。"

爸爸妈妈刚要提起水桶，一只肥大的兔子就从水桶上跳过去。妈妈告诉劳拉待在屋子里。爸爸妈妈踉跄着提着水桶跑到土沟边上。

劳拉待在离屋子很近的地方。她可以看到滚滚浓烟下红色的火舌，还有许多兔子蹦蹦跳跳地跑走。它们根本不注意杰克。杰克也不关注它们，他盯着浓烟下面露出的红色，浑身打战，呜咽着靠在劳拉身上。

　　风儿刮得更凶了，狂野地吼叫着。成千上万只鸟儿在火舌前飞舞，成千上万只兔子在奔跑。

爸爸沿着土沟跑，点燃土沟外的干草。妈妈提着一只湿麻袋跟在后面，扑灭企图越过土沟的火焰。整个草原上都有很多兔子在奔跑。蛇扭动着穿过院子。草原山鸡不出声地奔跑，伸长了脖子展开双翼。鸟儿在呼啸的风中尖利地鸣叫。

爸爸点燃的小火已经环绕整个木屋，他帮着妈妈用湿麻袋灭火。火势凶猛，火舌舔着土沟里面的干草。爸爸妈妈用麻袋去扑这些火苗，火苗一旦越过土沟，他们就用脚去踩灭了。他们在烟雾中前后奔跑，与火焰对抗。草原上的大火不断咆哮，在呼啸的风中越来越响。巨大的火焰怒吼着冲过来，旋转着向上奔腾。旋涡一般的火焰向上飞升，然后顺着风势回落，喷涌到火墙前方很远的地方点燃草原。一道红光从头顶前方的滚滚黑云里扑面而来。

玛丽和劳拉背靠着屋子站着，手牵着手发着抖。宝宝凯丽待在屋子里。劳拉想要做些什么，但脑袋里嗡嗡作响，天旋地转好像火焰一样。她的身体颤抖着，泪水从火辣辣的眼睛里涌出来。她的眼睛、鼻子和喉咙被烟熏烤着。

杰克嗷嗷叫着。本尼、佩特和帕蒂扯着她们的绳子发出可怕的吱吱叫声。可怕的橘色、黄色火焰朝他们扑过来，比骏马还要快，火光照亮了一切。

爸爸燃起的小火已经制造出了一个黑色的烧焦地带。小火逆着风向后退去，慢慢地爬过去与愤怒飞奔的大火融为一体。突然间大火便吞没了小火。

风儿向上飞腾，发出尖锐的噼啪声和呼呼声，火焰噼噼啪啪地爬到空中。火焰环绕着整个屋子。

然后一切结束了。火焰呼啸着从他们身边经过，离他们远去了。

爸爸妈妈还在扑打院子里四处飞舞的小火苗。火都扑灭后，妈妈进屋来洗手和脸。她脸上都是烟火和汗水留下的一道道印痕，浑身打着战。

她说不用担心。"是逆火①救了我们，"她说，"现在问题解决了。"

空气中有烧焦的气味。从眼前到天边的草原都被烧得焦黑而光秃秃的。一丝丝轻烟向上升起。一切都换了模样，愁容满面。但爸爸妈妈很欣喜，因为大火过去了，而他们毫发无伤。

爸爸说火焰离他们只有一线之遥，但这与离他们一英里之遥并没有差别。他问妈妈："假如我在独立镇的时候着火，你会怎么办？"

"我们肯定会与鸟儿和兔子一样跑到河那边去。"妈妈说。

草原上所有野物都知道应该怎么做。它们尽全力奔跑、飞翔、跳跃或爬动到河边去，这样就不会受到火焰灼烧。只有小小柔软的地鼠会向下钻到洞里去，它们也总是第一个冒出来查看冒着烟的光秃的草原。

接着鸟儿从河谷里飞出来，一只兔子谨慎地跳出来观察。过了很长时间之后，蛇才从河谷里爬出来，草原山鸡也走了出来。

火焰在崖壁之间熄灭了。没有烧到河谷或印第安人的营地。

---

① 逆火：即爸爸制造的环绕屋子的小火，逆火烧焦地面，使得草原上的大火无法逼近木屋。

那天晚上爱德华兹先生和司各特先生来看望爸爸。他们很担心，因为他们觉得可能是印第安人故意纵火想要烧死白人移居家庭。

爸爸不相信这个猜测。他说印第安人一向有燃烧草原的做法，是为了让青草生长得更快，在草原上行路也更为方便。他们的小马驹无法穿越长得很密很高的枯草。现在地面基本干净了。他很高兴，因为犁地会轻松很多。

谈话的时候，他们听到印第安营地里传来的鼓声和呼叫声。劳拉像一只小耗子一样安静地坐在门槛上，聆听着父亲和朋友的谈话，也听着印第安人的声音。星星低低地垂着，看上去很大，在烧焦的草原上颤抖，风温和地拂过劳拉的头发。

爱德华兹先生说营地里的印第安人太多了，他不喜欢这样。司各特先生说他不知道为什么那么多野蛮人要聚集到一起，肯定是图谋不轨。

"印第安人只有死了才好。"司各特说。

爸爸说他不知道怎么说。他认为如果不受到打搅，印第安人会和其他人一样爱好和平。从另一方面说，他们这么多次被迫西迁，肯定会仇恨白人。但印第安人是有头脑的，肯定害怕吃亏。吉布森堡和道奇堡[①]里都有很多士兵，爸爸觉得印第安人不会找麻烦。

"至于为什么会有这么多人聚集在这些营地里，司各特，我可以告诉你，"他说，"他们是在为春季大规模的猎捕水牛行动做准备。"

他说这些营地里有六个部落。通常这些部落互相争战，但每年春天他们都会达成和平协议，为捕猎水牛行动集结起来。

[①] 吉布森堡和道奇堡：两者都是19世纪建立的美国军队驻地，主要功能是保护西进的白人移民，以免他们受到印第安人的袭击。吉布森堡在今天的俄克拉何马州，道奇堡在今天的堪萨斯州境内。

"他们发誓维持和平状态,"他说,"他们想的是捕猎水牛,所以不太可能向我们开战。他们要协商要举办庆典,然后会定下一天出发追逐水牛群。水牛很快就会跟随青草的长势向北进发。天啊!我真希望能参加这样一场狩猎。一定很壮观。"

"好吧,或许你是对的,英格尔斯。"司各特先生慢慢地说,"不论如何,我会很高兴把你说的话转告司各特太太。她总是忘不了明尼苏达大屠杀。"

CHAPTER 23
印第安人的战斗呐喊

第二天早晨爸爸吹着哨去拿他的犁。他中午从烧焦的草原上回来，身上盖着一层黑黑的烟灰，但心里很高兴。他再也不用为高高的青草烦心了。

但印第安人还是让人不安。越来越多的印第安人来到了谷底。玛丽和劳拉看到他们白天生的火冒出烟气，晚上听到野蛮的声音在呼喊。

爸爸很早就从地里回来。他早早做完家务活，把佩特、帕蒂、本尼和奶牛、小牛都关到马厩里。他们不能待在院子里在月光下吃草了。

阴影开始在草原上聚集，风也静了下来，印第安营地传来越来越响越来越狂野的声音。爸爸把杰克带到屋子里面。门关上了，门闩绳也拉了进来。早晨之前没有人可以出门。

夜晚悄悄逼近小木屋，黑暗很瘆人。夜空中回荡着印第安人的喊叫声，一天晚上还响起了印第安人的鼓声。

睡梦里，劳拉总是能听到野人尖利的叫声和他们狂野的鼓声。她

听到杰克的爪子哒哒响着,他发出低低的吼声。有时候爸爸从床上坐起来听声响。

一天晚上爸爸从床底的箱子里掏出他的子弹模具。他在壁炉旁坐了很长时间,将铅融化做成子弹。他不停地做,直到用尽最后一点铅。劳拉和玛丽躺在床上但没有睡着,看着爸爸。他从来没有一次做这么多子弹。玛丽问他:"你为什么要做这么多子弹,爸爸?"

"哦,我也没有其他事要做。"爸爸说道,然后开始欢快地吹口哨。但他一整天都在犁地。他太累了,拉不动小提琴。他本来可以上床去的,不需要坐到这么晚做子弹。

印第安人没有再造访过木屋。玛丽和劳拉连续几天都没有看到一个印第安人。玛丽不再喜欢出门去了。劳拉只能一个人在户外玩耍,开始产生了一种对于草原的奇怪感觉,好像不安全,好像草原上藏着什么东西。有时候劳拉感到有什么东西在看着她,有什么东西从后面悄悄地爬过来。她很快转身看,但什么也看不到。

司各特先生和爱德华兹先生拿着枪,过来和爸爸在地里谈话。他们谈了好一会儿,然后一起走开。劳拉感到有些失望,因为爱德华兹先生没有到木屋里来。

晚餐的时候爸爸对妈妈说有些移居民在讨论设置防御性围桩。劳拉不知道围桩是什么。爸爸告诉司各特先生和爱德华兹先生这是个很傻气的念头。他对妈妈说："假如我们需要围桩的话，早就需要了，根本等不及我们修建。我们最不应该做的事就是显示出恐惧。"

玛丽和劳拉看了看对方。她们知道这个时候提问是没用的。大人肯定会对她们说孩子不要插话，除非有人问她们问题。或者就是小孩应该只被看见，但不能发出声音。

那天下午劳拉问妈妈围桩是什么。妈妈说这是小女孩不懂的东西。意思就是成年人不想告诉你这到底是什么。玛丽看了一眼劳拉，好像在说："我跟你说过吧。"

杰克再也不耷拉着耳朵对着劳拉微笑了。即便在她爱抚他的时候，他的耳朵也是竖起来的，脖颈上的毛发直立，嘴唇咧开露出牙齿。他的眼睛放出怒火。每天晚上他都凶狠地吼叫。每天晚上印第安人的鼓声都越来越迅疾，尖叫声越来越高亢、快速，也越来越狂野。

半夜里劳拉坐起来尖叫。有一个可怕的声音传来，让她浑身冒出冷汗。

妈妈很快来到她身边温柔地对她说："安静下来，劳拉。你不要吓着凯丽了。"

劳拉抓住妈妈，妈妈还穿着衣服。火堆已经熄灭，屋子里很黑，但妈妈还没有上床。月光从窗外透进来。百叶窗还开着，爸爸站在窗户旁的黑暗中向外张望。他手里握着枪。

夜空中鼓声咚咚，夹杂着印第安人野性的呼唤。

随后又传来一个可怕的声响。劳拉感到自己好像在下坠，什么也抓不住。过了很长时间她才恢复了视力，可以开始思考和说话。

她尖叫起来："出了什么事？出了什么事？啊，爸爸，发生了什么？"

她浑身颤抖，感到一阵恶心。她听到轰鸣的鼓声和野性的尖利呼喊，不过在妈妈怀里她感到很安全。爸爸说："是印第安人的战斗呐喊，劳拉。"

妈妈轻轻说了一句什么，爸爸对她说："她们知道了也好，卡洛琳。"

他对劳拉解释说那是印第安人讨论战争的方式。印第安人只是在交谈而已，一边说话一边围着火堆舞动。玛丽和劳拉不用害怕，因为爸爸在，杰克在，吉布森堡和道奇堡里有很多士兵。

"所以不要害怕，玛丽、劳拉。"他又说了一遍。

劳拉倒抽一口气，说道："不会害怕的，爸爸。"不过她其实害怕极了。玛丽什么也说不出来，她躺在被单下瑟瑟发抖。

然后凯丽开始哭泣，妈妈就抱着她坐到摇椅上，轻柔地晃动她。劳拉从床里爬出来蜷缩在妈妈的膝边。只剩下玛丽一个人，偷偷跟在劳拉身后，也蜷缩到了妈妈身上。爸爸待在窗边向外张望。

战鼓开始在劳拉的耳边擂起。它们就好像在她心中响起一样。狂野迅疾的尖叫声比狼群的嚎叫还要恐怖。有个更可怕的东西在靠近，劳拉知道。然后便响起了印第安人的战斗呐喊。

这一夜比噩梦还要恐怖。噩梦只是幻影，最可怕的时候你就醒了，但这是真的恐怖，劳拉不能从中醒来。她逃不开去。

当战斗呐喊结束后，劳拉知道她并没有被伤到。她还是待在黑暗的屋子里，紧紧靠在妈妈身上。妈妈浑身颤抖。杰克的狂吼变成了一种呜咽的低吼声。凯丽又开始哭叫。爸爸擦了擦头上的汗珠，"嘘"的一声出了口气。

"我从来没听到过这种声音。"爸爸问,"你们觉得他们是怎么学会发出这个声音的?"但没有人回答他。

"他们不需要枪。那种呐喊就足以吓死任何人。"他说,"我的口舌很干,怎么样都吹不出调子啦。劳拉,去给我拿点水来。"

爸爸的话使得劳拉感觉好些了。她从窗边给爸爸提来了满满一桶水。他接过水桶对她笑了笑,这样她感觉就更好了。他喝了一小口,又微笑着对她说:"好了!现在我可以吹口哨了!"

他吹了几个音符给劳拉听。

然后他开始仔细听。劳拉也听到远处传来马驹奔跑的轻柔的啪嗒啪嗒声,向他们方向靠近。

从屋子的一边传来战鼓轰鸣声和迅速尖锐短促的喊叫声,从另一边传来孤独骑手的马蹄声。

马蹄声越来越近了。经过他们旁边的时候声音越来越响,越来越急促。随后声音又逐渐转弱,沿着通向河谷的小路向下。

劳拉在月光中望着一头黑色印第安小马驹的后部,上面骑着一个印第安人。她看到一捆毛毯,一个赤裸的头和上面一簇颤动的羽毛,月光照射在枪膛上的反光。然后一切都消失了,只剩下空寂的草原。

爸爸说他完全不知道应该怎么去想这件事。他说那就是曾试图和他说法语的那个奥萨奇族人。

他问道:"他在干什么呢,这么晚了还那么拼命奔驰?"

没有人回答,因为没有人知道答案。

鼓声咚咚,印第安人继续着他们的喊叫。可怕的战斗呐喊一遍遍响起。

慢慢地，过了很长时间之后，呐喊声越来越微弱了。最后凯丽哭着睡着了。妈妈让玛丽和劳拉回去睡觉。

第二天他们不能出门。爸爸待在很近的地方。印第安人的营地那里悄无声息。巨大的草原一片寂静，只有风儿掠过寸草无存的烧黑的土地。风儿吹过木屋的时候发出沙沙的声音，好比水流一般。

那天晚上，印第安营地里的声音比往常更可怖。他们的战斗呐喊又一次堪比噩梦。劳拉和玛丽紧紧倚靠在妈妈身上，可怜的宝宝凯丽哭泣着，爸爸握着枪盯着窗外。整个晚上杰克都在低吼着走来走去，战斗呐喊响起的时候就高声叫喊。

接下来的那天晚上情况更糟，再接下去几天愈发可怕。玛丽和劳拉太累了，鼓声响起，印第安人开始喊叫的时候她们睡着了。但战斗呐喊总是让她们从睡梦中突然醒来，惊恐不已。

宁静的日子比黑夜更令人难受。爸爸全程都在看着听着。犁留在了地里，没有移动；佩特、帕蒂和小马驹，以及奶牛和小牛都待在马厩里。玛丽和劳拉走不出屋子。爸爸一刻不停地环顾草原，跟随任何一个微小的响动转动双眼。他基本没有吃晚饭，他不停地站起来走到户外去考察草原各处。

有一天他突然在饭桌上低下头来睡着了。妈妈、玛丽和劳拉保持安静，让爸爸继续睡。他太累了。但过了一分钟他就猛地醒过来，厉声对妈妈说："别让我这样做！"

"杰克在守卫我们。"妈妈轻柔地说。

那是最糟糕的一个夜晚。鼓点更快了，呼喊变得越发大声和凶猛。整条河流的上下游传来一声连着一声的战斗呐喊，在崖壁间回荡，没有一刻停息。劳拉浑身酸痛，腰部有一阵可怕的疼痛。

爸爸站在窗边上说："卡洛琳，他们内部在争吵，或许他们是想与彼此交战。"

"啊，查尔斯，假如这样就好了！"妈妈说道。

整个晚上他们都没有片刻安宁。破晓之前响起最后一阵战斗呐喊，劳拉靠在妈妈的膝盖上睡着了。

她在床上醒来。玛丽在她旁边睡着。门开着，劳拉看到地上的日光，知道已经接近正午了。妈妈在煮午饭。爸爸坐在门槛上。

他对妈妈说："有一个印第安人大部队，在我们南边。"

劳拉穿着睡衣走到门边，看到了远处的一长列印第安人。这列印第安人从黑暗的草原中走出来，向南方行进。印第安人坐在马驹上，因为距离远，看上去不比蚂蚁大多少。

爸爸说今天早上已经有两大拨印第安人向西行进了。现在这拨往南去，这意味着印第安人内部发生了争吵。他们正在离开河谷的营地。他们不会一起参加捕猎水牛的行动了。

那天晚上夜幕很快降临。除了沙沙的风声没有任何其他声音。

"今天晚上我们会睡个好觉！"爸爸说道。他说得没错，整个晚上他们连梦也没有做。早晨杰克还是睡在昨天晚上劳拉上床时他睡着的那个地方，平躺在地上，身子软软的。

第二天的晚上也仍然很宁静，他们又一次得以熟睡。那天早晨，爸爸说他感觉像一株雏菊一样新鲜，他说他要去河边做一番探查。

他把杰克拴在木屋墙上的铁环上，然后拿起枪朝河谷走去，很快就不见了踪影。

劳拉和玛丽什么也做不了，只能等着爸爸回家。她们待在屋子里，祈愿他回家。日光缓缓地滑过地板，比任何一天都要慢。

下午很晚的时候爸爸回来了，没有发生不好的事。他沿着河岸上下游看到了许多被废弃的印第安营地。所有的印第安人都离开了，只剩下一个叫作奥萨奇的部族。

在树林里爸爸曾遇到一个可以与他交谈的奥萨奇人。这个印第安人告诉他除了奥萨奇人之外，所有的印第安部落都已经下决心要杀死进入印第安地区的白人。他们快要商定的时候，一个印第安人骑着马闯入了聚会现场。

那个印第安人从很远的地方飞速赶来，因为他不想让印第安人去杀戮白人。他是一个奥萨奇人，他们给了他一个昵称，意思是伟大的战士。

"橡树战士。"爸爸说这就是他的名字。

"他白天黑夜地与他们争吵，"爸爸说，"后来其他的奥萨奇人都同意了他的观点。然后他站起来对其他部落说假如他们决定屠杀白人，奥萨奇人会向他们开战。"

这就是为什么那天晚上会有这么多噪音，最后一个可怕的晚上。其他部落在对奥萨奇人怒吼，奥萨奇人再吼回去。其他部落不敢与橡树战士和其他奥萨奇人作战，所以第二天就离开了。

"他是一个很好的印第安人！"爸爸说道。不论司各特先生说过什么，爸爸并不认为"印第安人只有死了才好"。

CHAPTER 24

印第安人骑马离开

他们又睡了一晚好觉。能够躺下沉沉睡去真是一件愉快的事。一切都很安全宁静，只有猫头鹰在河边的树林里叫着"呜呜？呜呜？"，而巨大的月亮缓缓地划过广阔草原的天际线。

早晨的太阳放出温暖的光。下面河边有青蛙在"呱呱"地叫着。它们在池塘边上叫唤："齐膝深！齐膝深！最好绕过河走。"

妈妈以前曾与玛丽和劳拉说过青蛙的话语。现在她们可以清晰地听懂它们的话。

门开着，和煦的春风吹进来。用完早餐后爸爸出门去，开心地吹着哨子。他准备把佩特和帕蒂套在犁耙上。不过哨子声突然停下了。他站在门槛边上，向东边张望，说道："来吧，卡洛琳。还有你们，玛丽和劳拉。"

劳拉先跑出去，她吃了一惊。印第安人朝他们过来了。

他们不是从河边的路过来的。他们从东边很远的河谷里骑马走出来。

在前头的是一个高大的印第安人，他在月光下骑着马路过木屋。杰克开始嚎叫，劳拉的心脏开始加速跳动。她很高兴爸爸就在身边。但她知道这是那位友好的印第安人，让可怕的战斗呐喊平息下来的奥萨奇首领。

他的黑色马驹欢快地往这里小跑过来，嗅着四周的空气，马鬃和尾巴在风中如旗帜猎猎起舞。小马驹的鼻子和额头没有束缚，没有套上笼头，没有任何绑带。没有任何东西让它做不想做的事情。它顺着自己的意愿沿着旧的印第安人小径奔跑，好像很喜欢在背上驮着这个印第安人。

杰克凶狠地嚎叫，试着挣脱自己的锁链。他记得这个印第安人曾拿一杆枪指着他。爸爸说："安静，杰克。"杰克又叫了一声，爸爸平生头一回打了他一下。"躺下来！不要动！"爸爸说。杰克低下头服软，不再乱动。

马驹现在已经走得很近，劳拉的心脏越跳越快。她看着印第安人缀着珠子的皮靴，抬起头看着紧贴在赤裸的马驹身上缀着流苏的绑腿。

颜色鲜亮的毛毯裹在印第安人身上。一只赤裸的棕色手臂扛着一杆来复枪，轻轻地搭在马驹赤裸的肩头上。劳拉抬头看到印第安人凶猛而纹丝不动的棕色脸庞。

这张脸很骄傲，也很镇定。不论发生什么，脸上都看不到丝毫变化，没有什么会使它改变。脸上只有眼睛是活动的，它们平静地向西方远处凝视，目不转睛。没有活动的迹象，只有光脑袋顶部发辫上竖立的老鹰羽毛在颤动。这个高大的印第安人骑着黑色的马驹慢慢消失在远方，头上长长的羽毛一上一下，在风中摇曳转动。

"就是橡树战士本尊了。"爸爸说道，声音很轻，举起手致敬。

但欢快的马驹和镇定的印第安人离他们远去了。他们好像完全没有看到木屋、马厩还有爸爸妈妈、玛丽和劳拉。

爸爸妈妈、玛丽和劳拉缓缓转身，凝望着印第安人骄傲挺直的后背。然后其他马驹也开始经过，连同着许多其他毛毯、光头和老鹰羽毛。一个接一个，越来越多的凶猛战士跟在橡树战士后面经过这条小道。一张棕色脸庞接着一张棕色脸庞从他们身边经过。小马驹的马鬃和尾巴在空中飘拂，珠子在发光，流苏拍打着，老鹰羽毛在一颗颗光着的脑袋上摇曳。来复枪搭在马驹的肩膀上，一路上都跃跃欲试的样子。

劳拉因为这些马驹感到很激动。有些是黑色马驹，还有赤红马驹和灰色、棕色的斑点马。它们的小脚踢踢踏踏啪啪哒哒、踢踢踏踏啪啪哒哒，在印第安人通道上鱼贯向前。它们对着杰克张了张鼻孔，身体有点向后退缩，不过还是勇敢地抬腿向前，用明亮的眼睛注视着劳拉。

"啊，这些漂亮的马驹！看看这些漂亮的马驹！"她叫起来，拍着双手，"看看这匹斑点马。"

她想着她可以一直看着这些马驹向前走都不感到厌倦，不过过了一会儿她就开始看马背上的妇女和孩子。这些妇女和孩子在印第安男人后面骑着马。有些裸着身子的小印第安人比玛丽劳拉高不了多少，他们也骑在漂亮的马驹上。马驹不需要戴辔头或马鞍，小印第安人也不需要穿衣裳。他们的肌肤都裸露在新鲜的空气和阳光下。他们笔直的黑发在风中飘动，黑色眼睛闪着快乐的光芒。他们坐在马驹上，腰板挺直，纹丝不动，就像成年的印第安人一样。

劳拉对着印第安孩子看了又看。她产生了一个淘气的念头，想成为一个印第安小女孩。当然她并不是真的想这样。她只是想裸着身子暴露在风和阳光下，骑着一匹那样的欢快小马驹。

印第安孩子的母亲们也坐在马驹上。皮流苏垂在她们的脚边上，身上裹着毯子，头上唯一的东西是黑色的光滑头发。她们的脸是棕色的，波澜不惊。她们有些人背上系着细长包裹，小宝宝的头从包裹顶上伸出来。有些宝宝和小孩坐在马驹背部两侧挂着的篮子里，就在妈妈身旁。

越来越多的马驹经过，越来越多的孩子，越来越多被妈妈背着的宝宝，越来越多在马侧篮子里的宝宝。这时出现了一位坐在马上的母亲，她的马驹两侧都挂着一个宝宝篮子。

劳拉直直地凝视靠近她的那个宝宝明亮的眼睛。从篮子的边缘只能看到他小小的头颅。他的头发像乌鸦一般黑，眼睛像没有星星的夜晚一般黑。

这双黑色的眼睛深深望着劳拉的眼睛，而她深深望着这个宝宝眼里的一汪黑色。她想要这个小宝宝。

"爸爸,"她说,"我要这个印第安宝宝!"

"住嘴,劳拉!"爸爸严厉地对她说。

小宝宝已经把他们甩在了后面。他的头转过来,不断盯着劳拉的双眼。

"啊,我想要他!我想要他!"劳拉祈求道。小宝宝走得越来越远,不过仍然向后望着劳拉。"他想要和我待在一起,"劳拉祈求着,"求你了,爸爸,求你了。"

"闭嘴,劳拉,"爸爸说道,"印第安女人想留着自己的宝宝。"

"求你了,爸爸!"劳拉仍然在请求,然后开始哭起来。这样哭是很令人羞耻的,但劳拉控制不住自己。小印第安宝宝已经不见了。她知道她不可能再看到他了。

妈妈说她从来没听到过这样的事情。"真丢人,劳拉,"她说着,但劳拉还是不断哭泣,"你到底是为什么想要一个印第安宝宝?!"妈妈问她。

"他的眼睛好黑啊。"劳拉哭泣着说。她说不清楚自己是什么意思。

"怎么回事,劳拉,"妈妈说,"你不需要有一个宝宝。我们自己就有一个宝宝。"

"我也要那个!"劳拉抽泣着大声说。

"好吧,我发誓!"妈妈大声说道。

"瞧那些印第安人,劳拉。"爸爸说,"看一下西边,再朝东边望,看你能发现什么。"

劳拉一开始什么也看不见。她的眼睛里噙满泪水,抽泣声不断从嗓子里冒出来。但她还是听爸爸的话努力张望,过了一会儿她就不动了。她发现东边和西边目力所及的地方,都是一长列印第安人。这列队伍没有尽头。

"这是非常多的印第安人。"爸爸说。

越来越多的印第安人骑着马经过。小凯丽厌倦了看印第安人，就自己坐在地板上玩。不过劳拉坐在门槛上，爸爸站在她身边，妈妈和玛丽站在门口。他们一直看着路上的印第安人。

是午餐时间了，可是没有人想到要吃饭。印第安人的马驹还在陆续走着，它们驮着皮革做的包裹、撑起帐篷的木杆，还有挂在身上的篮子和锅子。又来了几个印第安女人和几个裸着身子的印第安小孩。然后最后的几匹马驹走来。爸爸妈妈和劳拉、玛丽仍然站在门口望着，直到这列印第安人慢慢地消失在西边的世界边缘。一切都消散了，只有宁静和空旷。整个世界静了下来，感觉很孤单。

妈妈说她什么也不想干，感到心情很低落。爸爸告诉她不要做事，休息就行。

"你必须要吃点东西，查尔斯。"妈妈说道。

"不用了，"爸爸说，"我不饿。"他神情严肃地把佩特和帕蒂套在犁上，又一次开始犁地，要破开坚硬的草地。

劳拉也吃不下任何东西。她在门槛上坐了很长时间，面向西方望了很久，那是印第安人离去的方向。她仍然可以看到摇曳的羽毛和黑眼睛，仍然可以听到马驹的脚步声。

CHAPTER 25

士兵

印第安人离去之后,草原上降下一片很深的宁静。一天早晨,整片土地都是绿油油的了。

"草是什么时候长出来的?"妈妈惊讶地问道,"我以为这片土地还是黑黢黢的呢,突然间满目都是青草了。"

整个天空布满了向南飞翔的野鸭队伍。乌鸦在河边的树上叫唤。风儿在初生的草间呢喃,带来土地和生长中的作物的声音。

早晨,草原上的云雀唱着歌飞向空中。一整天河谷里都传来杓鹬、双领鸻和矶鹬叽叽喳喳的叫声。清晨也经常能听到反舌鸟的歌声。

一天晚上,爸爸和玛丽、劳拉静静地坐在门槛上,看着小兔子在星光下的草地上玩耍。三只兔子妈妈耷拉着耳朵蹦蹦跳跳,也看着自己的小兔子玩耍。

白天的时候每个人都很忙。爸爸忙着犁地,玛丽和劳拉帮着妈妈在花园里撒下种子。妈妈用锄头在犁耙翻起的板结的草根间挖洞,劳拉和

玛丽仔细地撒下种子。随后妈妈用泥土将种子舒舒服服地埋起来。她们种下洋葱、胡萝卜、豌豆、豆角和芜菁。她们都很高兴，因为春天已经来了，很快她们就有蔬菜可以吃了。她们已经厌倦面包和肉食了。

一天夜里，爸爸在日落前就从地里回来了，帮妈妈种白菜和红薯。妈妈已经将白菜种子撒在一个扁扁的盒子里，放在屋里头。她仔细地给种子浇水，每天都仔细地将盒子从窗户里透进的晨光中搬到午后的阳光里。她存下了一枚圣诞节的甜薯，种在另一个盒子里。白菜种子现在变成了小小的灰绿色植物，红薯的每一个芽眼里都已经长出了茎和绿叶。

爸爸妈妈小心地将每一株小小的植物搬到外面，将根妥帖地埋在洞里。他们用水浇植物的根，将泥土牢牢地盖在上面。种好所有的植物后，天已经变黑，爸爸妈妈很累了，但他们也很高兴，因为今年他们可以有白菜和红薯吃。

他们每天都盯着花园看。花园很芜杂，长满青草，毕竟这是草地上的花园，不过所有的小植物都在生长。弯折的豌豆叶向上冒出来，还有洋葱的微小茎叶。豆角从地里钻出来。不过豆角的茎有些泛黄，像一只弹簧般收缩起来，将豆角撑起来。然后豆角裂开，在两根细嫩的豆角叶旁掉下来，叶子向着阳光平铺开来。

很快他们就能像国王一般生活了。

每天早晨，爸爸快乐地吹着哨子走到地里。他已经种下了一些适合草地的土豆，有些土豆存到以后再种。现在他背着系在腰带上的一袋玉米，一边犁地一边将玉米粒撒在犁耙前端旁边的土沟里。犁耙翻起了一片土盖在玉米种子上面。但玉米会挣扎着穿过板结的草根，然后就会长出一片玉米地。

有一天他们可以在晚餐时吃嫩玉米。第二年冬天佩特和帕蒂也能有熟玉米吃。

一天早晨玛丽和劳拉在洗碟子，妈妈在铺床。她轻柔地对自己哼着歌，劳拉和玛丽在谈论花园的事。劳拉最喜欢豌豆，玛丽喜欢豆角。突然间她们听到爸爸的声音，他嗓门很大，很生气。

妈妈很快地跑到门口，劳拉和玛丽在她两边探出头来。

爸爸正在把佩特和帕蒂从田野里赶回来，她们身后拖着犁。司各特先生、爱德华兹先生和爸爸在一起，司各特先生很认真地说着话。

"不行，司各特！"爸爸回答他说，"我可不会待在这里等着士兵把我们像罪犯那样赶走。要不是华盛顿那些该死的政客说这里可以定居，我肯定不会越过印第安领地的边界三英里。我不会等着士兵来驱赶我们。我们现在就走！"

"怎么了，查尔斯？我们要去哪里？"妈妈问道。

"我怎么知道！但我们要走，要离开这里！"爸爸说道，"司各特和爱德华兹说政府要派士兵来把我们这些移居民都赶出印第安领地。"

他的脸通红，双眼冒出蓝色火焰。劳拉很害怕，她从来没有看见爸爸像这个样子。她紧紧贴在妈妈身上，一动不动，望着爸爸。

司各特先生开始说话，但爸爸制止了他。"不要浪费口舌了，司各特。不必再多说一句话。你可以待在这里等士兵过来，假如你愿意的话，我现在就走。"

爱德华兹先生说他也要走。他不会待在这里等着别人把他像一条顽劣的黄狗那样赶出印第安人边界。

"跟我们一起到独立镇去吧,爱德华兹。"爸爸说。但爱德华兹先生回答说他不喜欢去北方。他要坐一条船沿着河到南面的定居点去。

"最好跟我们一起走,"爸爸催促他,"徒步走到密苏里去。一个人坐一艘船太危险了,而且沿着弗迪格里斯河有很多印第安人的部落。"

但爱德华兹先生说他已经看到过密苏里,而且他有很多火药和铅弹。

然后爸爸让司各特先生把奶牛和小牛牵走。"我们不能带着他们走。"爸爸说道,"你是个好邻居,司各特,很难过要离开你们了。我们明天早上必须要出发。"

劳拉听到了这些对话,觉得难以置信,看到司各特先生把奶牛牵走才知道这是真的。温顺的奶牛乖乖走了,小牛在她身后撒欢蹦跳。这下牛奶和黄油都没有了。

爱德华兹先生说他太忙了,可能无法给他们送行。他与爸爸握手,说道:"再会了,英格尔斯,祝好运。"他与妈妈握手说:"再见了,夫人。我见不到你们了,但我一定不会忘记你们的善意。"

然后他转向玛丽和劳拉,他也握了握她们的手,就好像她们是成年人。"再见。"他说。

玛丽很礼貌地说:"再见,爱德华兹先生。"但劳拉忘了礼貌。她说:"爱德华兹先生啊,我真希望你不用离开我们!爱德华兹先生啊,谢谢你,谢谢你跑那么远到独立镇去为我们找圣诞老人。"

爱德华兹先生的眼睛闪出很亮的光,随后他一言不发地离开了。

这时,上午只过了一半,爸爸就把犁从佩特和帕蒂身上卸下来,劳拉和玛丽知道事情没法挽回了,她们真的要离开这里。妈妈什么也没说。她走进屋子去四处张望,看着还没洗过的盘子和铺了一半的床,她举起双手坐了下来。

玛丽和劳拉出去洗盘子。她们很小心地确保不发出声音。爸爸进来的时候她们很快地转过身来。

他看上去又恢复了常态,扛着一只装土豆的麻袋。

"给你,卡洛琳!"他说道,他的声音听上去很自然,"今天晚餐做丰盛些!我们一直没怎么吃土豆,存着当种子。现在我们可以全吃光了!"

那天晚餐他们吃的就是种子土豆,很好吃。爸爸说:"大祸临头的时候,总有小的收益。"劳拉觉得有道理。

晚餐后,他们把挂在马厩钩子上的马车龙骨拿出来。爸爸把它们安在马车底盘上,每一根龙骨的一端都插在马车底盘一边的铁扣子里,另一端插在另一边的铁扣子里。所有的龙骨都就位之后,爸爸妈妈把车篷展开,牢牢地系在龙骨上。然后爸爸抽拉出马车车篷一端的绳子,车篷就折叠起来,只在车后方的中间露出一个小孔。

这样一辆马车就做好了,第二天早上就可以装东西。

那天晚上大家都很沉默。连杰克都感觉有些不对劲,劳拉去睡觉的时候,他就在她身旁躺下来。

现在天气已经太热,不用生火了,但爸爸妈妈坐着凝视壁炉里的灰烬。

妈妈轻轻叹了一口气,说道:"一年就这样没了,查尔斯。"但爸爸开心地回答说:"一年算什么?我们的时间多的是呢。"

CHAPTER 26

出发

第二天早餐后,爸爸妈妈在马车上装行李。

首先,将所有床上用品都整合成两个床铺,在马车后部上下叠起来,用一块漂亮的格子呢毯子小心地盖起来。玛丽、劳拉和宝宝凯丽白天的时候就坐在那里。晚上,上面的那个床铺放在马车的前部,爸爸妈妈睡在这里。玛丽和劳拉可以睡在下面那个床铺上,它被放在马车的后部。

然后爸爸从墙上取下一个小橱柜,妈妈在里面放满了食物和杯盘。爸爸把橱柜放在马车座位下面,在橱柜前面为马匹准备了一袋玉米。

"这也是一个很好的放脚的地方，卡洛琳。"他对妈妈说。

妈妈将所有的衣服都放在两个用地毯做的包裹里，爸爸将包裹挂在马车内部的马车龙骨上。爸爸把来复枪挂在对面一根龙骨的钩子上，子弹囊和装火药的牛角就挂在枪的下方。他的提琴在盒子里装着，放在床的一头，这样马车开动的时候不会颠得厉害。

妈妈把黑色的铁蜘蛛、烤箱和咖啡壶都放在布袋里，一起堆在马车上。爸爸把摇椅和洗浴盆系在马车外面，把水桶和马的饲料箱也挂在马车下面。然后他将锡做的手提灯仔细地放在马车车厢前面的角落里，旁边放着一袋玉米防止提灯移动。

这样马车就装载好了。他们现在唯一还没装车的就是犁。这就只能随它去了。没有空间了。无论他们搬迁到什么地方，爸爸都可以采集更多毛皮去换一个新的犁。

劳拉和玛丽爬到马车里，坐在后面的床铺上。妈妈把宝宝凯丽放在她们俩中间。她们都刚刚洗过澡梳过头，爸爸说她们就像猎狗的牙齿那样干净，妈妈说她们像新的图钉那样完美无瑕。

然后爸爸把佩特和帕蒂套到车上。妈妈爬到她的座位上去抓住缰绳。突然间劳拉想再看一眼屋子。她请求爸爸允许她向外张望。他就松开马车车篷后面的绳子，劳拉和玛丽可以向外张望，不过绳子还是拉住了大部分帆布，这样凯丽就不会跌到饲料箱里去。

舒适的小木屋和往常一模一样。它似乎不知道他们正在离开。爸爸在门口站了片刻，向屋里四处看了看。他看了看床脚、壁炉和玻璃窗。然后他小心地关上门，把门闩绳留在了门外。

"也许有人需要住宿。"他说。

他爬到妈妈身边的座位上，一手抓起缰绳，对佩特和帕蒂喊了一嗓子。

杰克钻到马车下方。佩特对本尼呜呜叫了一声，本尼便跑过来跟在她身边。然后他们就出发了。

就在河岸小道向下面河谷方向倾斜的地方，爸爸让两匹野马停下脚步。他们都往回看了一下。

他们目力所及，东面、南面和西面，广漠的草原上都没有任何东西在移动，只有青草在风中起伏，清澈的高空中白云悠悠。

"这是一片了不起的土地，卡洛琳，"爸爸说道，"不过在很长的时间里，这里还是会有印第安人和狼。"

小木屋和小马厩孤独地伫立在一片寂静之中。

随后佩特和帕蒂轻松地快步向前。马车从悬崖壁上走到树荫葱茏的河谷。在高高的树顶，一只反舌鸟开始歌唱。

"我从来没有听到过反舌鸟这么早开始叫唤。"妈妈说。爸爸轻轻地回答说："他在和我们告别。"

他们坐在马车上往下穿过低矮的山丘来到河边。河滩很浅，可以轻松地过去。他们继续向前，穿过河谷，羚羊站起来目送他们经过，母鹿和小鹿在荫翳的树林里撒欢。然后马车又向上穿过陡峭的红土悬崖，爬上了草原。

佩特和帕蒂急着向前走。她们的蹄子在山谷里发出闷闷的响声，不过现在到了坚硬的草原上就可以撒开腿奔跑了。马车最前面的龙骨顶着风发出尖利的呼啸。

爸爸妈妈在马车车座上安静地坐着一动不动，玛丽和劳拉也很安静。但劳拉内心中感到一阵激动。你在大篷车里向前走的时候，永远不知道接下来会发生什么，也不知道明天你会到哪里。

中午的时候爸爸在一条小溪流旁停下车，让野马可以进食、饮水和休息。炎炎夏日马上就要来临，将春日的水汽蒸干，但现在还是有很多水分的。

妈妈从食物柜里取出冷的玉米面包和肉。他们都坐在马车旁树荫里干净的草地上，开始吃起来。他们从溪流中取水，劳拉和玛丽在草间奔跑，采摘野花，妈妈整理好食物柜，爸爸把两匹马重新套到车上。

随后他们又走了很长时间，一路穿过草原。除了汹涌的青草、天空和无尽的车辙，其他什么也看不到。有时候会看到一只兔子跳开去。有时候一只草原山鸡会带着一窝小鸡飞快地跑过视线。宝宝凯丽在睡觉，玛丽和劳拉也几乎睡着了，这时候爸爸说道："那里有什么不对劲。"

劳拉扑腾一下跳起来，在草原前方很远的地方，她看到一只小小的浅色土包状物。她没发现其他反常的东西。

"哪里啊？"她问爸爸。

"那里，"爸爸说道，对着那只浅色的土包状物点了点头，"它没在动。"

劳拉不说话。她继续看，发现那只土包状物是一辆盖着的篷车。它慢慢变大。劳拉看到车前没有马匹。四周没有任何动静。然后她看到马车前方有一个黑色的东西。

黑色的东西是两个坐在马车车辕上的人,一个男人和一个女人。他们坐着看自己的脚尖,佩特和帕蒂在他们脚边停下的时候,他们只是抬起头来望了一下。

"出了什么事?你们的马匹呢?"爸爸问道。

"我不知道,"男人说,"昨天晚上我把它们系在马车上的,但今天早晨不见了。有人在夜里割断绳子把它们带走了。"

"你的狗呢?"爸爸说。

"我没有狗。"男人说。

杰克待在马车底下。他没有吼叫,也没有出来。他是一只懂事的狗,知道遇见陌生人的时候该干些什么。

"好吧,你的马不见了,"爸爸告诉这个男人,"你不会再看到它们了。把盗马贼绞死也是便宜了他们。"

"没错。"男人说。

爸爸看了看妈妈,妈妈几乎难以察觉地点了点头。然后爸爸说:"和我们一起坐车去独立镇吧。"

"不行,"男人说,"我们整个家当都在这个马车里,我们不能离开。"

"啊,不会吧!你想怎么做?"爸爸高声叫起来,"这里可能几天几周都没人经过。你们不能待在这里。"

"我不知道。"男人说。

"我们要待在我们的马车边上。"女人说道。她视线向下,看着自己紧握着放在膝盖上的双手。劳拉看不到她的脸,只能看到遮阳帽的一侧。

"还是来吧,"爸爸告诉他们,"你们可以回来取你们的马车。"

"不行。"女人说。

他们不愿意离开马车——他们在这个世界上拥有的一切都在这辆马车里。最终爸爸向前行驶,让他们独自待在草原上,坐在马车的车辕上。

爸爸对自己小声嘟哝:"天啊!拥有的一切都在车里,却连条狗也没有。自己也没看好。用绳子系住马!"爸爸哼了一声。"老天!"他又说了一次,"就不该允许他们在密西西比河以西活动。"

"可是,查尔斯!他们这可怎么办啊?"妈妈问他。

"独立镇上有士兵,"爸爸说,"我会告诉队长,他会派人来带他们过去的。他们可以坚持到那个时候。不过他们可是够幸运的,我们正好经过这里。假如没有我们,真不知道他们什么时候才能被发现。"

劳拉一直望着那辆孤单的马车,最后它变成了草原上的一个小包,然后是一个小点,再后来就消失了。

这天剩下的时间爸爸都不断向前进发。他们没有见到任何其他人。

太阳落山的时候,爸爸在一口井旁停下来。那里本来有一座屋子,不过现在已经烧毁。井里有不少可以饮用的水。劳拉和玛丽采集了一些半焦的木块来生火。爸爸给马松下辔头，给她们喂水，给她们拴好马绳。然后爸爸从马车上取下座椅，拿出食物柜。火焰熊熊燃起，妈妈很快就准备好了晚餐。

这幅景象与他们造好自己的小屋前一模一样。爸爸妈妈和凯丽坐在马车车辕上。他们享用在篝火上煮好的可口晚餐。佩特、帕蒂和本尼埋头挑好的草吃，劳拉给杰克留下几口好肉，他们不允许杰克讨食物吃，但他们吃完后他就可以吃个饱。

这时太阳已经在西边很远的地方落下了，现在需要准备晚上露营了。

爸爸把佩特和帕蒂拴在马车后方的饲料箱上，把本尼拴在旁边，随后给她们分配玉米作晚餐。然后他在火边坐下，开始抽烟斗。妈妈把玛丽和劳拉送上床，把宝宝凯丽放在她们旁边。

啊，苏珊娜，不要为我哭泣——

提琴呜咽，爸爸开始歌唱。

我来到加利福尼亚，
膝头上放着洗衣盆，
每次想家的时候，
多么希望远行的人不是我。

"你知道吗，卡洛琳，"爸爸停止歌唱开始说，"我一直在想，兔子肯定会很喜欢吃我们种在自家园子里的东西。"

"不要这样想，查尔斯。"妈妈说道。

"没关系，卡洛琳！"爸爸告诉她。"我们会有一个更好的花园。不管怎么说，我们比来到印第安领地之前要富有。"

"我不知道多了什么。"妈妈说。爸爸回答道："不是有野马了吗！"然后妈妈大笑起来，爸爸又开始拉着提琴歌唱：

在迪克西土地上我要扎下根来，
生在迪克西，死也在迪克西！
走吧，走吧，走吧，走吧，
走吧，到南边的迪克西土壤上去！

他唱的歌充满了韵律和动感，劳拉忍不住要下床，但她必须静静躺着，以免把凯丽吵醒。玛丽也睡着了，但劳拉从来没有这么清醒过。

她听到杰克在马车下给自己弄了一张床。他不停转着圈子，把草踩扁，然后扑通倒地蜷缩到圆圆的小窝里，满意地叫唤了一声。

佩特和帕蒂嚼着最后剩下的一点玉米，链条哗啦啦响着。本尼在马车旁侧躺下来。

他们都待在一起，安全而舒适地度过这个夜晚，头上是广袤的星夜。盖好的大篷车又一次成了他们的家。

提琴开始演奏一支进行曲,爸爸清澈的声音犹如深厚的钟声响起。

> 我们会团结在旗帜周围,孩子们,
> 我们会再一次团结,
> 欢唱自由的战斗之歌!

劳拉感到她也想要喊叫起来。但妈妈轻轻地从马车车篷外面透过圆孔向她们张望。

"查尔斯,"妈妈说道,"劳拉还醒着。音乐这么响她睡不着。"

爸爸没有回答,但提琴的声音变了。一支悠长婉转的曲调响起,轻柔而含混,好似要伴着劳拉睡去。

劳拉的眼睛快闭上了。她开始在草原绵绵的波浪上漂浮,伴随她的是爸爸的歌声:

> 划吧,划过湛蓝的水面,
> 我们坐在桉木小舟上航行,轻如羽毛。
> 亲爱的,轻轻摇动小船,让它划过海面;
> 日日夜夜我要与你厮守,一起流浪。

CHRONOLOGY
劳拉·英格尔斯·怀尔德年表

1867年　诞生

劳拉·英格尔斯·怀尔德出生于威斯康星大树林地区的培平镇附近。她有一个两岁的姐姐玛丽，之后还会有两个妹妹和一个弟弟（幼年时夭折）。

1869年　2岁

劳拉的父亲带家人迁居至堪萨斯，途经密苏里。

1871年　4岁

劳拉与家人回到威斯康星，居住了三年，随后又在明尼苏达州莱克城附近短暂居住。

1874年　7岁

劳拉与家人从莱克城移居至明尼苏达州的胡桃林，而胡桃林正是《草原上的小木屋》一书中小木屋所在地的原型。

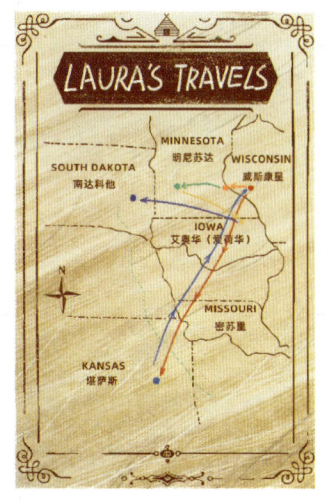

1876年　9岁

因农作物歉收等各种原因，劳拉与家人从胡桃林迁居至艾奥瓦州的伯奥克。

1878年　11岁

劳拉与家人重新搬回到胡桃林。

1879年　12岁

劳拉与家人再次迁居南达科他州的迪斯梅特。

1882年　15岁

劳拉通过教师资格证考试。此前劳拉在不断迁居过程中念过地方学校，也不断自学。获得教师资格后，劳拉被安排在离父母家十二英里远的只有一个校舍的乡村学校教书。在此期间，家人请友人阿尔芒佐·怀尔德帮忙接她回家过周末。

1885年　18岁

劳拉和阿尔芒佐结婚。随后劳拉辞去教职养育孩子，并帮助阿尔芒佐照料农场。

1886年　19岁

劳拉生下女儿萝丝。

1889年　22岁

劳拉生下儿子，但一月内儿子不幸夭折。之后不久，阿尔芒佐感染白喉，部分肢体瘫痪。

1890年　23岁

劳拉与阿尔芒佐的家不幸被烧毁。

1894年　27岁

在数度迁居之后，怀尔德一家买下了密苏里州曼斯菲尔德城附近一个二百英亩的农场，将其命名为落矶山农场。夫妇俩建造了一座农舍，养家禽并做所有农活。

1910年　43岁

大女儿萝丝成人，成为《旧金山简报》的记者，出版了与自己成长经历有关的回忆录。萝丝成功后，鼓励她母亲也写下自己的童年往事。

1930年　63岁

劳拉写下一部自传《垦拓女孩》，但被所有出版商拒稿。劳拉不断修改书稿，改换标题，并将叙事人称变换为第三人称。

1932年　65岁

劳拉出版了《大树林里的小木屋》，重现幼年在威斯康星培平地区的生活，这是后来被称为"小木屋"儿童小说系列的第一部。随后十一年间，在女儿萝丝的参与下，劳拉陆续完成了《草原上的小木屋》《农场男孩》《梅子河岸边》《银色河流的两岸》《漫长的冬天》《草原上的小镇》《这些快乐的黄金岁月》等作品。每一部作品都围绕一个劳拉早年生活中印象深刻的地方来展开故事。

1949年　82岁

劳拉的丈夫阿尔芒佐去世。

1954年　87岁

美国图书馆协会（ALA）授予劳拉一枚儿童文学终身成就奖章，并将该奖项以"劳拉·英格尔斯·怀尔德"命名。

1957年　90岁

劳拉在密苏里州曼斯菲尔德的农场上去世。女儿萝丝编辑出版了母亲的日记和几部未完成的书稿。

1974年

根据劳拉的生活和著作改编的电视剧集《草原上的小木屋》开播,一共播放了八季。

1983年

《草原上的小木屋》剧组进行人员调整,制作了新的一季《小木屋:新的开始》。几部电视电影(为在电视上播放而拍摄的电影)接棒电视剧集,呈现劳拉一家的后续故事:《小木屋:回望昨日》(1983),《小木屋:最后的告别》(1984),《小木屋:保佑所有珍贵的孩子》(1984)。

2014年

南达科他历史学会出版了怀尔德自传《垦拓女孩:注释版自传》。

2015年

长达一小时的纪录片《草原上的小木屋：劳拉·英格尔斯·怀尔德的遗产》播出。

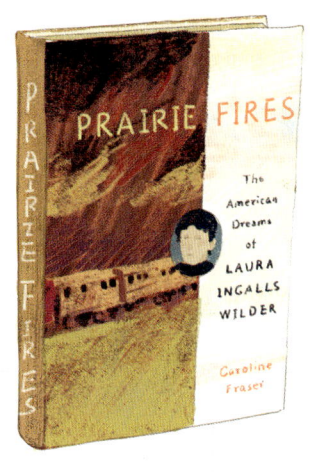

2017年

美国作家卡罗琳·弗雷泽所著的历史传记《草原之火：劳拉·英格尔斯·怀尔德的美国梦》出版。

2018年

因为有读者提出有关劳拉作品系列中印第安人形象的异议，"劳拉·英格尔斯·怀尔德奖"被重新命名为"儿童文学遗产奖"。

译后记

《草原上的小木屋》是劳拉·英格尔斯·怀尔德创作的"小木屋"系列小说中的第二部。作者开始创作小说的时候已经年逾六十，此前当过教师、专栏作家和编辑。

1930年，美国进入经济大萧条期，作者与丈夫的资产清零，经济压力与对已故母亲、姐姐的怀念交织在一起，促使她开始提笔写作自传，随后又将自传改为小说。

怀尔德的女儿是一位记者和作家，给了母亲许多鼓励和写作上的帮助。在与女儿的密切合作下，怀尔德的作品迅速增多，其核心就是九册描写开拓美国边疆的移民故事的自传体小说，称为"小木屋"系列，主要读者是年轻学生。

"小木屋"系列很快产生了巨大的文化影响，成为美国儿童文学的经典。20世纪下半叶，"小木屋"系列被多次改编成电视剧、电影和音乐剧。1954年，美国图书馆协会将儿童文学终身成就奖命名为"劳拉·英格尔斯·怀尔德"奖章。

但时过境迁，2018年，一名美国本土裔学生对《草原上的小木屋》中的一句话——"印第安人只有死了才好"——表示抗议，由此引发巨变，指控《草原上的小木屋》有种族主义色彩的声音多起来，而怀尔德奖章也不再以作者的名字命名。这个政治争议提醒我们仔细思考这部小说的内涵和政治意义。它是不是一部宣扬反印第安理念的小说呢？

为了解答这个问题，我们需要先从小说本身入手，然后转向其历史背景，从而挖掘出潜藏于小说内的深意。作者不仅是在书写个人经历，更重要的是对美国建国之本进行反思。她虽然不能摆脱她身处时代的偏见，但已经在很大程度上意识到这些偏见对所有美国人灵魂的伤害。

◇ 垦拓女孩与小木屋

《草原上的小木屋》是一部第三人称小说，所有的人物都用"他"或"她"来称呼，但对劳拉内心感受的描写是最多的，读者最容易进入劳拉的内心。劳拉当然就是作者本人在小说中的化身。怀尔德创作第一部"小木屋"作品的时候，原本是用第一人称写作，为书稿取名为《垦拓女孩》(*Pioneer Girl*)。被拒稿后，怀尔德将小说叙事更改为第三人称，由此显得更加客观冷静。

小说中，劳拉和姐姐玛丽跟着父母一起坐着大篷车从威斯康星的大树林地区移居到堪萨斯。在爸爸建造木屋重建家园的过程中，她一直是一个好奇的小帮手，很具有冒险精神，而且心地纯真，无所掩饰。这样看来，劳拉估计有六七岁的样子。而现实中的劳拉在随父母、姐姐迁居至堪萨斯的时候，应该是两岁的样子，现实中的宝宝凯丽也并不是在这次旅途前出生的，而是全家在堪萨斯独立镇附近定居下来之后才出生的。作者无疑对幼年的这段经历进行了艺术加工，两岁时的经历基本不可能留下记忆，作者实际上是以自己略年长后在明尼苏达胡桃林地区的经历为原型来书写的。

更重要的是，现实中劳拉一家人在堪萨斯待了两年不到的时间，因各种原因决定离开堪萨斯。怀尔德的传记显示，他们需要回大树林，从一个购买了他们的土地但无法偿付贷款的买主那里收回土地所有权。然而，在小说中，作者特意强调堪萨斯白人移民与印第安人的冲突，使得印第安人问题成了一家人放弃堪萨斯小木屋的最根本动因。白人移居者与印第安人的矛盾因此成为小说后半部分情节的主要驱力。从《印第安人的庆典》这章开始，印第安人部落那里经常传来令人心颤的喧嚣，后来劳拉一家发现那是不同部落之间发生了争执，除了奥萨奇之外的印第安部落希望用武力赶走白人移民，在奥萨奇首领的强烈反对下，众部落不欢而散。小说如此重视印第安人问题，说明作者有着强烈的政治意识。

在现实中，劳拉一家是否有权在堪萨斯草原上定居，的确是一个有争议的问题。堪萨斯的这片草原属于"印第安人领地"，顾名思义是美国政府留给印第安人的土地。根据1830年的《印第安人迁移法》，印第安部落应移居至密西西比河以西的土地，将东部的土地让出来给白人移民。但不久白人移民就开始不断进入西部的印第安领地，砍伐领地中的木材并猎取动物，甚至抢占印第安人的居所和玉米田，而美国政府和军队不加管制，引起了印第安人的巨大不满。很多白人不理解印第安人的苦衷。小说中，司各特先生认为，印第安人并没有为他们居住的土地创造巨大的附加价值，这片土地属于"愿意在上面耕种的人"。白人通过垦殖，将这片领地变为农业区，因此有权将这些土地据为己有，而且他们认为这个权利应该受到美国政府的保护。

但作者本人似乎并不赞同司各特先生代表的这种意见，这个态度我们可以从小说的结尾窥见一二。爸爸有些冲动地认为士兵可能会为了捍卫印第安人的权利赶走白人移民，因此主动离开经营了很久的土地。这是不符合历史的，现实中并没有发生驱逐白人移民的事，这方面的恐慌也并不严重。这个结尾可能隐含一种立场，白人移民的确应该忍痛离开西部印第安领地，挥手向自己的"财产"（实则应为印第安人所有）道别，舍私利而成大义。

西进运动——即普通美国人向西部领地进发，开垦"荒地"（实际是印第安人的土地）的历史——是美国建国之本，作者在这本小说中将西进运动与印第安人的命运紧密联系在一起，在译者看来，这种意识是超越其所处时代的。在她出生的年代，很少有白人关心印第安人的福祉。

◇ 移居浪潮下的悲剧

真实的劳拉于1867年出生在威斯康星大树林地区，这个地区横跨威斯康星和明尼苏达，居住着许多印第安部落。他们被白人归并在一起，统称为"苏"部落。不过他们自认为是达科他人（the Dakota），"苏"是他们的对立部落给他们起的带有贬义色彩的名称。19世纪50年代初，达科他人与美国政府签订协约，将大量土地割让给政府以换取金钱和物资。此后，1854年到1857年间，大量白人移民来到明尼苏达，以异常低廉的价格收购公共土地，而政府许诺印第安人的钱和物资始终不到位。移民追逐廉价土地的热情与19世纪美国南北战争之前紧锣密鼓开展的"自由土地"运动整合在一起。所谓"自由土地"运动，是反对在西部尚未建州地区扩散奴隶制的运动，但阻止奴隶制扩散的目标最终变成了让每一个普通美国人拥有土地，变成了鼓励普通美国人西进垦拓的动力。

1860年，林肯当选美国总统，支持"自由土地"运动，在1862年的时候签署了《宅地法》，承诺为每个满21岁的美国公民提供160英亩公共土地，由此引发了新的一次移居明尼苏达的浪潮。林肯忙于指挥南北战争，没有充分顾及这个法案可能给明尼苏达的印第安人带来的后果。

许多达科他人在19世纪50年代就已经因为移民的到来而被剥夺了房屋和种植或狩猎地带，许多人只能从一座屋子走到另一座屋子乞求食物。这种行为自然导致移居民的不满，移居民限制达科他人行动的措施又反过来激怒了印第安人，就这样双方矛盾不断激化，终于在1862年触发了一场悲剧。几名达科他人在狩猎途中因窃取鸡蛋而引发冲突，杀死了5名白人，随后达科他部落向白人移民宣战。这场战争很快以达科他人的惨痛失败而结束，但当时的白人报纸称这场战争为"明尼苏达大屠杀"，渲染印第安人的野蛮和暴力，促使白人移民更坚定了要灭绝印第安人并占领他们土地的意愿，也正是在这个时候，出现了"印第安人只有死了才好"这句触目惊心的口号。在小说里，司各特夫妇二人对这次"屠杀"尤其记忆深刻，对印第安人怀有不可缓解的敌意，这也影响了母亲卡洛琳。

怀尔德在成长过程中必然感受到了这场冲突的余震，非常了解白人对于印第安人的看法。虽然"明尼苏达大屠杀"发生在怀尔德出生前，但她仍然把明尼苏达和堪萨斯这两个地方印第安人的遭遇以及他们与白人的冲突都描绘在自己的小说里。更重要的是，她让小说中的劳拉和爸爸查尔斯发出一种与其他白人角色不同的声音,由此使得小说与反印第安情绪保持距离,并暗示了对于美国历史阴暗面的反思。

◇ 离开爸爸筑起的小屋

在小说中,虽然妈妈卡洛琳对印第安人怀有巨大的戒心,但爸爸查尔斯始终不觉得印第安人对白人构成任何威胁。小说显然站在了爸爸这一边,还在后半部虚构了一个奥萨奇族首领,他与父亲在追捕猎豹的过程中有过短暂的交流,并以一己之力劝阻其他印第安部落袭击白人移民,这说明白人和印第安人之间可以有真诚的情感交流。

小说中劳拉的态度更为复杂。虽然她作为一个孩子,不明白印第安人是因为被白人移民影响了生计才到他们小屋去索要东西,但即便如此,她眼中的印第安人仍然值得尊敬,如古树般威严伟岸。更为令人深思的是贯穿整部小说的一个细节:劳拉在去堪萨斯的大篷车上的时候就很想见到一个"印第安宝宝",但直到她要离开堪萨斯之前的一天才终于看到,这时她哭喊着不愿意与印第安宝宝分离。劳拉的感伤暗示了整部小说的主题:善良有爱的一家人来到印第安领地,原本可以与印第安人建立友谊,却被裹挟在印第安人不断被迫迁移的历史大潮中,最终无法与他们同处一地。

劳拉和爸爸虽然喜欢印第安人,但还是为了给印第安人让路而离开了亲手筑起的小屋。这个结尾似乎在说:如果在真实的历史中白人移民可以像劳拉一家那样让出西部领地,印第安人和白人之间的矛盾就不会过于激化,印第安人最终被驱赶进狭小保留地的悲惨命运还有挽回余地。《草原上的小木屋》从白人家庭的视角来书写白人西进的历史,但也有意识地跳出这个视角虚构故事，反思历史。这可以说是这部小说对于美国历史的重要贡献。

当然，怀尔德的小说不只是对美国历史中一段重要时光的重现和反思，也是对家人的致敬。她用文字为父母塑造了几乎完美无瑕的形象，同时，她也通过创作"小木屋"系列小说与女儿成了真正的合作伙伴。可以说，这本书标志着一个美国农业地区家庭的代际传承。这部小说的所有读者都会被英格尔斯一家人其乐融融的景象打动，想象爸爸查尔斯坐在门边拉提琴，妈妈卡洛琳和孩子们一起歌唱，也回想起自己儿提时代对爸爸妈妈的崇拜和依恋。

但即使是最美好的家庭也无法生活在历史的梦魇之外，这就是作者告诉我们的道理。她一边描写和谐的家庭生活，一边描写家庭命运受政治风潮左右的窘境，体现出对美国历史的反思和批判。

不论世事如何变迁，怀尔德的小说仍然是美国儿童文学最重要的经典之一。

译者 | 金雯

学者、译者。以昵称"莫水田"活跃于自媒体。
毕业于复旦大学外文系,美国西北大学英文系博士。

2006—2012年间任哥伦比亚大学英文系助理教授,2013年回国在复旦大学外国语言文学学院任教,2016年起任华东师范大学中文系世界文学和比较文学专业教授。

研究领域包括英美文学、比较文学和文艺理论。

个著

2012年　《多元普世主义》　美国俄亥俄州立大学出版社
2018年　《被解释的美》　华东师范大学出版社

主要译作

2016年　《影响的剖析》布鲁姆　译林出版社
2017年　《剥肉桂的人》翁达杰　人民文学出版社
2020年　《众多未来》乔丽·格雷厄姆　上海人民出版社

插画师

Sophia Suliy

一位来自乌克兰利沃夫的青年艺术家。

拥有绘画学士学位和宗教艺术与视觉硕士学位。

2021年，举办了3次个人作品展，并参加了很多国内外的团体合作项目。

绘画作品被波兰、以色列、土耳其、美国、加拿大等世界各地的爱好者收藏。

Sophia Suliy
插画师个人作品

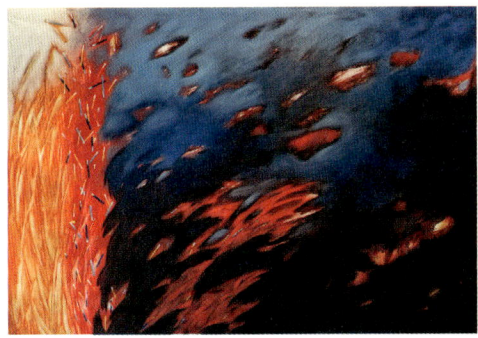

"ДУХ БОЖИЙ ВИТАЄ НАД ТРАВАМИ, ПАЛАЮЧИМИ У СЕРПНІ", 2020
полотно, акрил, граф т, 150 х 400

Sophia Suliy

mokotów

作家榜®经典名著

读经典名著，认准作家榜

　　作家榜是中国知名文化品牌，母公司大星文化总部位于中国上海市。自2006年创立至今，作家榜始终致力于"推广全球经典，促进全民阅读"，曾连续13年发布作家富豪榜系列榜单，源源不断将不同领域的写作者推向公众视野，引发海内外媒体对华语文学的空前关注。

　　旗下图书品牌"作家榜经典名著"，精选经典中的经典，由优秀诗人、作家、学者参与翻译，世界各地艺术家、插画师参与插图创作，策划发行了数百部有口皆碑、畅销全网的中外名著，成功助力无数中国家庭爱上阅读。如今，"集齐作家榜经典名著"已成为越来越多阅读爱好者的共同心愿。

　　作家榜除了让经典名著图书在新一代读者中流行起来，2023年还推出了备受青睐的"作家榜文创"系列产品，通过持续创新让经典名著IP融入到人们的日常生活中。

名著就读作家榜
京东官方旗舰店

名著就读作家榜
天猫官方旗舰店

名著就读作家榜
当当官方旗舰店

名著就读作家榜
拼多多旗舰店

| 策 划 | 作家榜 |
| 出 品 | |

出 品 人	吴怀尧
产品经理	田 靓
美术编辑	李柳燕
封面设计	林 青
内文插图	［乌克兰］Sophia Suliy　梁昌正
特约印制	吴怀舜

| 版权所有 | 大星文化 |
| 官方电话 | 021-60839180 |

名著就读作家榜
抖音扫码关注我

作家榜官方微博
经典好书免费送

下载好芳法课堂
跟着王芳学知识

图书在版编目（CIP）数据

草原上的小木屋 /（美）劳拉·英格尔斯·怀尔德著；金雯译. -- 杭州：浙江文艺出版社，2022.1（2024.7重印）
（作家榜经典名著）
ISBN 978-7-5339-6684-3

Ⅰ.①草… Ⅱ.①劳… ②金… Ⅲ.①儿童文学—长篇小说—美国—现代 Ⅳ.①I712.84

中国版本图书馆CIP数据核字（2021）第244875号

责任编辑：罗 艺

"作家榜"及其相关品牌标识是大星文化已注册或注册中的商标。未经许可，不得擅用，侵权必究。

草原上的小木屋

[美]劳拉·英格尔斯·怀尔德 著　金雯 译

全案策划
大星（上海）文化传媒有限公司

出版发行
浙江文艺出版社
杭州市环城北路177号15楼　邮编 310003
浙江省新华书店集团有限公司　经销
上海中华商务联合印刷有限公司　印刷

2022年1月第1版　2024年7月第9次印刷
787毫米×1092毫米　16开本
印数：85001—105000　17.5印张　字数：193千字
书号：ISBN 978-7-5339-6684-3
定价：88.00元

版权所有　侵权必究
（如有印装质量问题影响阅读，请联系021-60839180调换）